あなたは死刑判決を下せますか

小説・裁判員

木村伸夫
Nobuo Kimura

花伝社

あなたは死刑判決を下せますか——小説・裁判員◆目次

序　章　ある事件……3
第一章　「健全なる社会常識」とは如何なるものか……22
第二章　「市民感覚」は生かされているか……73
第三章　かくして「判決」はつくられた……153
第四章　女子学生の死……236
第五章　告白……238

序章　ある事件

　都会のなかのなだらかな山、「山」というより「丘」といったほうがぴったりとくる憩いの場がある。その山の近辺に住む人たちに親しまれ、安らぎを求める人たちは近郊からもやってくる。四季おりおりに何か心ひかれるものがあるのだろう。絶好の場となっている。

　特ににぎわうのが、桜の季節。山に通じる道や登り切ったてっぺんに聳えている桜はひときわ威容さを誇っている。樹齢は五十年、あるいはそれ以上だろうか。このなだらかな頂に立つ桜の老木は、いつの間にか〝桜ばあちゃん〟と呼ばれるようになった。どうして〝ばあちゃん〟なのかはわからない。〝老木〟だからかもしれない。親しみを込めて言っているのだろう、いつしかそう呼ばれることに慣れてきた。

　季節の折々に花は咲き乱れるのに、日本人にとっては桜に特別な感情をもってこの季節を迎えている。咲いても散っても心に残る花だ。

　ある日、夜間照明があてられた。夜空に輝く桜の花は、昼間とはまた趣を異にした情調があり、そこには一種の幽玄ささえみられる。光によって花が透けてみえるところでは、この桜ばあちゃんは〝妖艶〟な雰囲気を漂わせてくれる。じっとみつめていると、その妖艶さは、ふと誰かの言葉を思い出させる。〝桜の木の下には死者が眠っている〟と。この言葉がいつまでも忘れられないのは、ひとりやふたりではなさそうだ。

春に対する歓びの感情の裏には、ある種の〝哀切〟さも漂わせているのだろうか。一見きれいに見えるものの裏には、表には出しえない心情を孕ませているのかもしれない。

夏には噴水の周りに子どもたちが群がって、楽しく騒ぐ。

秋。晩秋ともなると黄や赤に染められた木々は春の桜とは異質な情景を展開させている。暑かった夏の思い出とやがてやってくる冬の厳しさを予見しているのだろうか。

木は新芽から成長するとともに、美しい花を咲かせ、盛りを過ぎ、いつかは散っていく運命にある。あたかも、赤ん坊から少年、青年、壮年、老年期とさまざまな人生劇場を迎え、やがて旅立っていく人間の運命と同じように。生きとし生けるものの約束された一生であるかもしれない。

なだらかな頂上にある広場ではどこからともなく集まって、早朝からラジオ体操や太極拳などの練習に精を出している姿が見られる。ランニングのスタート地点であり、何周かしてゴールにもなっている。人それぞれに体を動かした後には、汗をぬぐいながら談笑に耽り、あちこちで笑い声が響きあっている。この人たちが帰った後には、乳幼児たちに主役が入れ替わる。幼児たちは母や祖父母たちの手を借りながら遊具で戯れるのに余念がない。

犬たちにとっても、ここはお気に入りの場所である。朝、目覚めに大きなあくびをし、ご主人さまの洗顔が終わると、ビニール袋をもって、いよいよ散歩の時間だ。犬たちも新鮮な空気を吸い、元気溌剌として運動できるのはこのうえない喜びとなる。

こんな平和なくつろぎの広場に、ある日、衝撃が走った。その日は前日の雨が露となり、葉に光があたり、水滴は宝石のように輝いている。この情景をカメラマンは今がシャッターチャンスとばかりにファインダーを覗いている。

ランニングをしていた初老男性が尿意を催し、我慢しながら走っていたが、我慢も頂点に達し、とうとう〝発射〟直前に達した。トイレは近くにない。仕方なく目立たないところでと思い、草の生い茂ったところへ分け入った。用を済ませ、ふと横を見ると、男女二人がうつぶせに折り重なっているではないか。男性の背中にはナイフが刺さり、大量の出血は凄惨さを物語っている。あたりは鮮血の飛び散った後がなまなましい。新聞紙でおおわれている。返り血だろうか、まるで抽象的な絵を描いたような模様だ。すでに死んでいると直感した。驚いたのはいうまでもない。息せきながら走って近くにいた男性に場所を指し示しながら、今見たことを震えながら知らせた。警察に連絡され、パトカーと救急車が駆けつけ、騒ぎはたちまちに山じゅうに広がり、平和な公園は黒山の人だかりとなった。

病院に運ばれ、二人の死亡が確認された。平和な広場に突然舞い込んだ災難だった。警察によってナイフは二十センチの大きさで、そうとう鋭利なものであるとされた。状況からみて怨恨を疑った。

朝の平和な営みは破られ、サイレンの音は不吉なものを運んでくるようだった。

穏やかで平和なこの山に五十年ほど住んでいるという老人にとってもはじめてのできごとであった。ジョギングや太極拳の楽しみはどこかへ行き、警察官たちを取り囲むようにして、近所の人たちは事の成り行きに注目している。

ただちにロープで規制線が張られ、捜査が開始された。警察官は何やらビニール袋のようなものを出して履いた。逃走犯人の足跡を消さないためである。これはと思う場所にシートを張って足跡を採取している。

まず太極拳やジョギングをしていた十数人の人たちに聞き込みなどが開始された。人囲いは二重にも三重にもなり、平和なこの広場は喧騒の広場へと豹変した。

近隣住民への聞き込みは徹底して行われた。この山の麓から頂上近くにまで点在している二十数軒の一軒ずつに丹念になされた。二人の刑事がペアを組み、ベテランが聞き役、若手がメモを取るという分担で家族構成、氏名、年齢、事件当日の行動、この山へ上り下りする際の経路など、詳細を極めた。留守の家については再度夜に訪問するなどして漏れのないようにした。時にはプライバシーに触れることもあり、聞かれたものは「そんなことまで、どうして?」と思うことでも容赦なく切り込んでくる。答えないと不信感をもたれるのではないかとドキドキしながら従った。でも、なかには「そんなこと、わしの生活、関係ないだろう」と刑事を睨みつけ、玄関を閉ざす一幕もあった。

第一発見者にも丹念に聞き取りがされたことはいうまでもない。何故この場所へ来たのか、ジョギングの頻度、コース、時間帯などをはじめ、住所、仕事内容、家族構成など、聞きようによっては容疑者扱いされていると思うくらいであった。

被害者の同居人から申し出がないため、多分、夫婦二人で生活しているのではないかと推測された。聞き込みによってもその推測は事実であることが実証された。

被害者が倒れていた場所、近くの家、数件に通じる道などを中心に遺留品などをくまなく捜索した。草をかき分け、低木のあるところでは腰を低くして何かがないかと被害者と加害者に結びつく物証を探した。

現場を騒々しくしたのは、警察の捜査陣だけではなかった。時をおかずに新聞社、テレビ局などマスメディアは群がるように集まってきた。家々に容赦なく押しかけ、警察の聞き込みと同様なことを、いや、それ以上に興味本位も加わり、平和な住民をいっそう騒ぎに巻き込んだ。

現場で引き続き捜査するものと、残りは署に帰り、捜査本部の会議や調査に没頭した。

大きなテーブルにはカバンの中身や服の上下ポケットに入っていたものなどが広げられた。男性のものは多数出されたが、女性のものはほとんどなかった。

鞄にはノート二冊、本、レポート用紙、懐中電灯、ティッシュなどがあり、ノートの一冊は研究用のものと思われ、その時どきのことがしたためられているようだ。上衣の内ポケットには大学の「職員証」が入っており、H大学の文学部長であることが判明した。警察官にとって、「学部長」がどのような仕事、役割があるのかわからないが、〝学部の責任者〟であることはわかる。殺人にまで至る何があったのだろうか。犯行は暗闇に近い状態で決行された凶行であるため、そこには確信犯的なものが伺える。

ノート、新聞の切り抜きなどを調べるうちに、この事件のカギを握るようなものが浮かんできた。ある大学の大学院に通う女子学生が駅で死亡した事件を扱ったものである。今回のことはこの事件と何か大きなかかわりがあるようだ。そのカギとなる物件、それは鞄の中にあった手紙。宛先はH大学文学部長、差出人は女性名前であった。

「突然のお手紙をお許しください。先生にお手紙を書くべきか否か、心は乱れております。でも、決心しました。

私の心は動揺しております。乱文、乱筆をお許しくださいませ。

今、先生の学部では教授選考が行われており、その候補者としてH大学専任講師の保志一馬先生が入っているとあるところから聞きました。その保志先生は非常勤講師としてM大学へ来ておられますが（わたしはそこの大学院生です）、そこで取り返しのつかないことをされました。

私の親友、中野清子さんのことで、どうしても言っておきたいことがあります。彼女の名前はご存知だと思います。二十代半ばで不慮の死を遂げてしまいました。新聞にも載りました。彼女はきっと将来優秀な研究者・教員になると信じておりました。何故なら、探究心は強く、すこぶる積極的な態度でテーマに向き合い、研究会でも堂々と意見を述べておりました。学部の学生からも良き相談相手となり、慕われてもおられました。

その中野さんが何故、生命を絶つことになったか、そこに至る内幕ともいえる事情を知っている同じ女性として、わたしも大学院に通う身として、このまま黙っておくことができないのです。

保志先生と中野清子さんとが知りあったのは、彼女の指導教授から、自分は近く半年ほど海外出張するので、この分野を専門としている人が非常勤講師で本学へ来ているので、彼から論文指導などを受けてほしいとのことでした。そういうことがあって、保志先生と彼女は知りあうこととなり、以後、保志先生が本学へ来られる日にはほとんど会っていたのです。論文のこと、研究分野の最新動向など今まで彼女が知らなかったことを熱のこもった言葉で聞くに及び、すっかり保志先生の虜になっていったようです。彼女からは先生と会った日の翌日に目を輝かせて前日のことを聞かされたものです。保志先生に吸い寄せられていくさまが手にとるようにわかりました。

保志先生から何回かの指導を受けた日の夕方、彼女は食事に誘われたのです。どうしようかと迷われたのですが、断ると悪いかな、と思って受けたようなのです。あるレストランの個室で、その際、奥さんとの関係が良くないことを言われたようです。後から考えますと、それって、男性が女性を誘ってつなぎとめたいために言う常套句なんですよね。奥様の父親は若くして教授になられたらしいのです。そういうことも知ってますから、教授になるのはいつか、いつかと折に触れて言われているようです。というのも、奥様の友人のご主人たちはすでに教授になっているからです。その奥様方にとっては、自分は〝教授夫人〟なのです。いっぽう、保志先生はなにかあるごとに愚痴っぽく「万年講師が……」と言われるそうなんです。その言葉は先生の胸にチクリと刺さっていたのでしょう。夫婦仲の良くないことを言って女性の同情心というか、心をひこうという魂胆がみえます。でも、彼女にしてみれば、論文についてのコメントが的をついていたり、内容構成や文章表現についても指摘されたことはなるほど、と思うことが多くあり、先生をついつい頼るようになり、だんだん惹かれていったのです。それにはなんとしてもよい論文を発表してどこかの大学で（専任）講師、すくなくとも助教として採用されたいとの強い希望をもっていたからです。いろんな大学から送られてくる教員の募集案内を見ているんだ、と言ってました。私も同様です。

そのようなとき、半年の予定で海外出張していた指導教授は一年に延長されたとの連絡を受けたのです。中野さんは悩み、私に相談しました。このまま保志先生の指導を受けるべきか、わたしは保志先生の論文を読んだこともありますので、続けたらどうかしら、といったことがありました。それが間違いでした。いまになって悔いております。

それからしばらくして、やはり夕食のとき、話が盛り上がって、旅行に誘われたのです。彼女は困りました。親子ほど年は離れているのですよ。心は動揺しました。でも彼女は同意しました。といいますのは、中野さん、半月ほど前に彼氏から〝別れ〟を切り出され、傷心状態だったからです。それからほどなくして二人は温泉旅行に行きました。夜、結ばれたことはいうまでもありません。帰って二、三日後に彼女に会った時、晴れ晴れとした表情をしておりました。幸せなんだと直感したものです。懸案だった論文を書き上げたことも聞きました。明るいのはそのせいかとも思ったのです。

しばらく彼女と会えませんでした。というのは、私も論文でうまくいかないもどかしさをもち、悩んでいた時期でもあったからです。そして運悪く母が事故に遭い、しばらく病院通いもしていた事情も重なっていたのです。

その間も、どうしているだろうか、元気だろうかと思っていましたが、母のリハビリの世話をしたり、少しの時間を見つけては参考文献を読んだり、時間がなかなか取れなかったからです。

久しぶりに会った時、二人は積もる話をしました。話が少し途切れたとき、中野さんはふと何か思いつめた表情になりました。いっしゅん暗い影を見たので、何があったのか聞きました。帰ってきた言葉にびっくりしました。「わたし、生理がないの、あのとき、先生の……」と言って涙ぐんだのです。わたしもびっくりしました。ようやく大学院最後の年になり、就職先を探す頃になって妊娠など……。私は詰問しました。「どうして予防しなかったのよ。あの先生も無責任だわ」。二人はしばらく黙りこんでしまってかつての明るさはどこかへいってしまいました。

その翌週に会った時、彼女から聞かされたのです。先生に妊娠したかもしれないと言って返ってきた言葉、「それは困るよ、私の立場も考えてくれ。なんとか堕してくれないか」、男性の身勝手な言葉を聞いて彼女は頭に血が上ったのです。「なによ！　自分の立場ばかり言って、女のことをもう少し真剣に思ってくれてもいいでしょ。このこと、両親にどう打ち明けるか悩みに悩んでいるのに。夜、布団に入って枕は涙でぬれるくらいなのよ」。男性には罪の意識はないのです。

そのとき、何故か彼女の方が上位にいることを感じたのかもしれません。先生は懇願してきました。切々と訴えたそうです。その理由の一つに、教授昇任への選考途中だったこともあり、この大事な時に女子学生との〝不適切な関係〟がばれると、教授昇任へひたすら向けてきた努力が水泡に帰するからです。論文などの業績では良い評価を得ているのに、誰か有力な人が反対を唱え、昇進させないように画策しているらしい、ということを聞かれたそうです。その人の力があるがゆえに、無理かもしれないと自信なげに漏らしていました。

精神不安定な彼女といがみ合いになり、双方の嫌悪な雰囲気は、あわや掴み合いになるくらいでした。この事態が両親にばれないように、特に妻子ある男性教員との情事ですから、どうしても隠さねばなりませんでした。母親が娘の〝異変〟に気がついた時、彼女はその相手を別れた元カレにしようと腹をくくりました。別れる前にはそういうこともあったことだし、両親は彼のことを知っているので、なんとか言い逃れをしようと思ったようです。

先生は少し責任を感じたのでしょうか、彼女に会いたいと連絡をし、見舞金として処置する費用を渡したそうです。彼女は泣きながら受け取り、ひとり寂しく産婦人科の門をくぐったのです。処置の後、私のアパートで二日間を過ごして安定するのを待ちました。彼女のお母さんにはわたしからうまく話しました。落ち着いてくると、今度は一人の生命を闇に葬ったことの罪悪感にとられて泣きはらし、わたしはどう慰めればよいのか、わからなくなりました。わたしにとって未経験ということのほか、こんなにも女性にとって生命を失うこと、しかも人工的に葬ったことに対する自責感が強いものかと。私は決してこのようなことのないよう、自戒の念をもつようにしました。

それから一週間ほどして、彼女は先生と食事をし、慰めの言葉をかけられたようです。そしてある事件が起こりました。決定的なことが。

その日、先生と別れ一時間ほどでしょうか、本屋をぶらつき、電車に乗って帰ろうと駅構内を歩いていたとき、急に眠気が襲い、それを我慢しようとしたのです。椅子に座り私に様子をメールをしてきました。文章は乱れていましたが、状況はつかめました。それからふらふらとして線路へ落ち、入ってきた電車にそのまま轢かれて即死したのです。あまりにもいっしゅんの出来事だったのです。駅にいた何十人という人に見られて。この事件は新聞やテレビでも取り上げられましたから、先生もご存知だと思います。警察は彼女がふらついて線路へ落ちた原因を調べるため、司法解剖を行いました。その結果、恐ろしいことが分かったのです。なんと睡眠導入剤が検出されたのです。私の推理ですが、彼女の妊娠したことがいつかばれると困ると思い、保志先生は彼女を事故か自殺かに見せるようにして死に導いたのではないかと、それはいつしかわたしの確信になりました。

私の親友の、そうです、心の友はわずか二十六年の生涯をこのようにして散っていったのです。

私は彼女の分も有意義に生きたいと決意しました。彼女の無念も晴らしたいのです。

学部長先生、何かの機会をとらえて保志先生の家か研究室かどこかに彼女が飲んだのと同じ薬剤がないかどうか調べていただくことはできないでしょうか。今となっては保志先生の罪を暴き、一人の有為な大学院生を死に追いやった罰を与えたいのです。

どうかよろしくお願いいたします。


M大学文学研究科博士後期課程　　喜多川英子」


捜査本部はこの手紙の内容については、ほぼ事実だろうと判断した。警察に寄せられる情報には、匿名やイニシアルのものが少なからずあり、真実性に乏しいものもある。しかし、この手紙にはきちんと所属、氏名が、しかもフルネームで明記されている。宛先が警察ではなく、大学の学部長であったことが関係しているかもしれないが、ともかく有力なものであることは間違いない。

手紙に書かれていることの裏付け調査が必要になってくる。担当には女性警部補と上司の警部が指名された。

ふたりはM大学文学部へ赴いた。事柄の性質上、窓口で要件を述べることはせず、学部長に面会を申し出た。学部長への質問は、大学院生に喜多川英子がいるかどうか、および非常勤講師に保志一馬という人物がいるかどうかであった。いずれも該当していることが判明した。最近亡くなった大学院生・中野清子については念入りに聴取した。

学部長は中野清子の死については承知していること、院生たちとの懇談会の席上でも会い、積極的な発言をしていたので覚えているとのことであった。なんとも残念でたまらないと目に涙を浮かべた。

二日後、喜多川英子への事情聴取が行われた。場所は学部長室、立会として学部長（大学院研究科長）が院生の横に座り、終始緊張して聴きいっており、時折メモを取っている。二時間に及ぶ聴取内容は、捜査本部にとって貴重で、重要なものであった。学部長は終始重苦しい雰囲気を崩さなかった。

大学としてもこのようなことは不名誉なことであるが、新聞やテレビでも大きく取り上げられた事件の解明に役立つならばと協力した。それにしても本学の教員が関係しているなんて、どういう因果だろうか。それに当時の新聞記事で見てびっくりしたことは、亡くなったH大学の文学部長とはかつて学生時代、机を並べた間柄でもあったことだ。何十年も前からの良き友を失った悲しみはまだ癒えていない。どうしてあの温厚な彼が、とのおもいである。

学部長夫妻殺害にかかわる容疑者の〝影〟を求めて、別の班では科学警察の協力を得て防犯カメラの解析にかかっている。しかし残念なことに、頂上付近にはカメラは設置されておらず、登り口と近くのコンビニ前にあるのみであった。それでも何かの手掛かりを求めて画像を解析していくなかで、わずかに男性が走っているのに突き当たった。時刻は当日の午後九時二十九分三十秒から十秒足らず。人物を特定するには乏しいが最新の解析技術でおぼろげながらも人物像が浮かび上がってきた。その内容は、男性で年齢は四十代後半から五十代前半、身長は一六〇～一七〇センチ、帽子を着用、服は黒または黒っぽい色、敏捷に動く様子、とのことであった。捜査本部の会議で、この件とM大学で行った手紙の差出人である大学院生・喜多川英子への事情聴取の模様が報告された。

翌日もう一度現場へ行った。低木の間に紙屑が丸めて捨てられていた。広げてみると何かの領収書で宛先は「保志様」と明記されているのが確認できた。いろめきたった。これで手紙に登場した彼がここへ来たことを裏づけられる。

捜査本部は二人の殺人に関して保志一馬を容疑者とみている。しかし、逮捕するには証拠がない。現場では彼が残したと思われるタオルがあるのみであった。犯人は遺留品を残さないように細心の気をくばっていたのだろう。司法解剖によってわかったことは、二人の死因はタオルに浸み込ませた麻酔薬で失神させ、口をふさぎ窒息させ、さらに背中からナイフによって突いたことだろうということだった。

M大学側は早速に手を打った。この件は警察が帰るや直ちに学部長から学長に報告され、教務部長を交えて三者会議を行った。その結果、保志一馬の担当していた授業科目を急遽中止し、彼との雇用契約を解約した。保志からは「何故、どうして?」との疑問は出されたが、それも一回だけで済んだ。M大学と保志一馬との関係は絶たれた。これで事件が発覚しても「M大学非常勤講師」との肩書は消滅する。保志の授業を受けていた学生たちはあまりにも唐突な措置に戸惑いは隠せなかった。

この件の中身については、三人以外「知らない」こととし、院生の喜多川英子にも即時伝えられ、口外しないよう厳命された。


捜査本部は文学部長夫妻殺人事件の容疑者として、保志一馬の行動調査、尾行、自宅付近の調査などを目立たないように行っている。

山に丸めて落ちていた領収書の発行元へ行き、手掛かりを求めた。そのレストランは線路に落ちたという駅の近くだった。男女の二人連れ、個室での食事ということが分かった。なぜこのような領収書をわざわざ請求したのか、腑に落ちない。

その日、食事が済んで、中野がトイレに立った隙にコップに粉末を入れ、頃合をみはからってそこから出、別れたのだと推理した。

ある週刊誌が事件をすっぱ抜いた。「大学教員、院生との情事、不審死」との見出しで、相当詳しく書き、迫真に迫っている。保志の家には張り込みが続いている。警察をはじめ、週刊誌やテレビのカメラ、新聞社やフリーの記者などであった。妻・昭恵も家周辺の異様な雰囲気に気づき、その眼の先がまさに我が家であり、夫であることに驚愕した。人のいない隙を見つけてコンビニへ急ぎ、週刊誌を購入、むさぼるようにして読んだ。イニシアルの名前や目の上を黒く塗りつぶした写真は、それでも夫であることをすぐに判断できた。身が震えた。

一馬はなにくわぬ顔で大学へ出かけるかと思えば、張り込みを避けるようにして帰ってきた時には憔悴しきった様子で青白い顔は生気を失っていた。夕食を済ませ、茶を飲んでいるとき、昭恵は週刊誌を目の前に突き付けた。

「ここに載っていること、まさか、あなたではないでしょうね。最近、家の周囲での異常な雰囲気、気が気でならないの」

一馬はいっしゅんぎょっとしたが、平然を装った。しかし、包囲網はすでに内堀まで迫っている。大学へ出勤しているそぶりを見せながら、実は図書館や映画館などで時間を費やしていたのだった。

「そんなもん、しらんよ」

昭恵は夫を信じたい反面、最近の挙動不審な動きには一抹の不安をもっている。

本務校であるH大学は幹部による緊急策を鳩首協議した。テーブルには週刊誌が広げられている。学部長を失い、今は〝代理〟を務める教授が出席している。保志の直属教授は沈痛な面持ちでいる。全員の意見が出つくした頃をみはからって学部長代理は口を開いた。

「保志には、当分の間、自宅待機を申し付けるのがいいかと思います。万が一、キャンパス内で何かがあった時、学生たちへの大きな影響を避けるためにも……」

学長は警察との秘密接触により、もはや彼の逮捕は必至、との感触を得ている。大学のイメージがダウンするのを最小限にすることを考えている。それには教授の言ったこと以外に取るべき方策はなかった。

ただちに保志専任講師の担当科目について、来週以降も「休講」の張り紙が出された。保志は本務校でも非常勤講師先でも職を失うこととなった。

昭恵は眠れない。かつては「万年講師」となじっていたが、家の近くに張り込みなどが日夜目を光らせている現在、疑惑が晴れ、なによりも平凡な日常が戻ることを願った。

小学校二年生の娘は絶えず我が家を見ている見知らぬ人たちを不審に感じている。

「お母さん、なんで、あの人たち、家をずっと見ているの？　わたしがどこへ行くときも後をつけてきたり、気味が悪いの」

母親はなんといって娘を平静にさせようか、戸惑っている。

しかし、ある日を境に妻や娘の戸惑い、不安は〝絶望〟に落とされた。

朝六時、警察がチャイムを鳴らし、戸を開けると、そこには数人の私服警察官が立っている。無言で保志一馬の逮捕状を見せ、引き立てるようにして車に乗せられ、連行されていった。

泣きじゃくる小学生の娘、昭恵はただ夫の後姿を見て呆然とたたずんでいるのみ。何もすることはできない。彼が連れられていくと同時に家宅捜索が無慈悲にされ、あらゆる場所が開け放たれ、一馬に関するものは箱に詰められ、運びだされた。

マスコミは間髪を入れずに家の前まで押し寄せて中を覗き、近所の人にもマイクを向け、傍若無人な態度で写真を撮りまくっている。マスコミの習性として、容疑者が逮捕されるといっせいに悪者扱いする。事件との関係などお構いなしに、過去のあらゆる事象を掘り返し、私生活を暴露する。取材合戦は近隣住民へのインタビューなどで容疑者にプラスと思われる情報は小さく扱い、マイナスと思われる面をことさらに強調し、「悪者」との印象を与えている。テレビでのコメンテーターもその線に沿った発言をしばしばする。ときにはマスメディアとしての〝良心〟を疑いたくなるほどである。今回の場合、その標的が「大学の先生が破廉恥なこと」と、他の犯行に比し、取り上げ方は大きいのかもしれない。

マスコミは事件の都度、取材の行き過ぎを「反省」しているが、その反省たるやいっしゅんのことで次のときにはもう忘れ去られている。何も生かされていない。

「お母さん、どうしたの、お父さんに何があったの？」

昭恵は何もこたえられない。ただ時の経つのを待つのみであった。

昭恵は身を隠すことに決めた。当座の着替えを詰め、深夜を待った。実家から父の運転する車に乗るためであった。

午前二時、迎えに来た父の車に乗り、発車した。付近には誰もいないだろうと思っていたが、一台の車がつかず離れずの状態で尾行してくる。父の運転は運転技術の許す限り、後続車を撒こうとした。運よくすぐ後ろにトラックが入り、しばらくすると、トラックと尾行車とが接触事故を起こした。後ろをチラッと見た昭恵は安堵した。

午前三時、昭恵たちは実家に到着し、とにかく心を落ち着かせることに専心した。娘はなかなか寝付こうとしない。いや、寝ようとしているのだが、今日一日に起こったことが脳裏から離れず、興奮状態はいつまでも続いているのだった。昭恵も床には入ったが、今の状況を冷静に理解し、これからのことを考えるのに精いっぱいだった。いま、この状態というのは、夢か幻か……。いつまでも眠られない。

保志一馬の母親である道子は、息子逮捕のニュースを見て卒倒した。年齢は昨年に傘寿を迎えたという後期高齢者である。人生の晩年を迎え、平安な日々をおくりたかっただろう。何十年か前、息子が大学へ教員として就職したとき、うちの息子は大学の先生になったと喜んでいたのに、突然の災厄である。救急車で夫が付き添い、病院へ運ばれ、そのまま入院生活が続くこととなった。

目を覚ますと、「一馬や、何をしたんだね。真面目に生きるんだよ。ひと様に顔を向けられないようなことはしないでおくれ」

力の限り声をふりしぼって語るが、声は徐々に弱々しくなってくる。

退院をしたものの、寝たきりで、夫の介護なしではいられないようになった。そのようななかで、一馬の父・賢三は知人を頼り、弁護人の選定に奔走した。

第一章　「健全なる社会常識」とは如何なるものか

1

中村寅太は高校で社会科の教員として「現代社会」を担当している。扱うテーマが現代の複雑に入り組んだ問題であるために、微妙なテーマにも触れざるを得ない。取り上げ方や説明・進行などで難しさを感じることはしばしばだ。

ある時、法の問題、「刑事裁判の流れと裁判員制度」に進んでいった。世の中のありようにもかかわる内容で、高校生にわかりやすく説明するのに苦労した。「裁判の流れ」との項目の中で、裁判員制度に触れている。自身も未経験で新聞や雑誌記事などで目を通すくらいで積極的な関心を持っていなかった。まだ制度が導入されて日は浅く、いまだに賛成と反対とが交錯していることは承知している。学校での授業であるため、高校生にわかりやすく、どちらにも偏らず、両方の意見・考え方をまんべんなく話した。中村はこの問題に十分向き合ってこなかったことから、自信のなさが話の内容に表れていたのかもしれない。

授業の終わりころになって生徒が挙手した。

「先生、質問です。今まで重大な刑事事件についても、専門知識を充分に備えた裁判官が行なってきたのに、法律知識など何もない素人にさせて、それでうまくいけるんですか？」

それを聞いていた生徒たちは緊張した。追い打ちをかける言葉が続いて発せられた。

「ぼくは思うんです。人は、本当に間違いなく、人を裁くことができるんですか？」

他の生徒は彼に注目している。

「重罪になれば、死刑にもなるんでしょ。素人が無責任に、そんな過酷な判断を下すことができるんですか？　僕の少ない知識では、裁く人は、抽選で駆り出された人たちだというじゃないですか」

中村はいっしゅん詰まった。最も根源的な質問だった。いや、いっしゅんでなく、答えるには三、四回深呼吸をしなければならなかった。教室は静まりかえっている。

「いやーな、先生がこんなことをいったらいかんのだけど、裁判員制度については実施前からいろいろと批判的な意見も言われてきた。この制度を導入するための法律が国会をとおり、五年の周知期間は過ぎ、とうとう実施された。高校で教える立場としては、先ほどから言ってきたとおり。賛成・反対の人たちの考え方、見解も紹介してきた。あとは君たちも考えてほしい。先生もこれからの課題としてずっと考えていく」

なんとかその場を言い逃れたようであった。動揺した様子は隠すことができなかった。
それにしても高校生は厳しい質問をぶつけてくるな、と感心した。
これ以後、中村寅太の脳裏から裁判員裁判のことが離れられなくなった。

人は、間違いなく、人を裁くことができるのか。

一週間ほどして、質問してきた生徒と帰り道で一緒することがあった。彼は成績優秀でスポーツマンでそのうえ生真面目な性格である。ときどき、哲学的な問いを投げかけてくることもあった。二人並んで歩いているうちに、どうしてあのような質問をしてきたのかわかった。

「僕はこの裁判員制度に興味があって、新聞記事などこれは、と思うものを切り取ってスクラップしてるんです。二十歳以上のものがなる可能性があるということは、あと三年もしたら、僕にも突然、裁判所から書類が迷いこんでくるかもしれない、と思うといろいろ考えるようになってきたんです。人を裁くということ、僕は小さいころ二歳下の弟とよくケンカしました。その都度、父さんが仲裁して仲直りさせてきました。けれども刑事事件ではそんな遊びのような幼児の兄弟げんかとはまったく次元の違うこと、二十歳になったからといって裁判員になれ、といわれても無理なことですよ。世の中の複雑なこと、何もわかっていない若者に……。先生、どう思います？」

またしてもこの生徒から難しい問いを発せられた。

なるほど二十歳になってすぐの若者にさえ「裁判員候補者名簿に記載通知」や「調査票」が届くことは十分に可能性のあることだ。それにしても、新聞記事などをスクラップしているとは相当な熱の入れようだ。もしかしたら、この問題に対する知識や情報量などは彼の方が多いのではないか、とさえ思った。

中村は考え込んだ。二十歳の若者に、公職選挙法でいうところの国会議員や知事・市長、地方議員などを選ぶ権利は付与されている。選挙のたびに投票に行くよう啓発されている。しかし、一方、裁判で人を裁くことを職業にしている人と同じ土俵の上で議論（評議）し、判決に対し、意見を述べることができるのだろうか。重大な刑事事件を扱うということは、ときとして「死刑判決」も下さねばならないことになる。それはなんとしても残酷なことだ。

「難しいな。先生ももっと深く考えてみる」

ようやく駅にたどり着き、この難題を出してくる生徒と別れることができた。

家に帰り茶を飲んでくつろいでいるところへ娘の真世が声をかけてきた。

「お父さん、なんか浮かない顔をしてるね。もしかして、生徒にいじめられたとか……」

娘は茶化すようであったが、家族というものは父親の顔色を見て気分がわかるんだな、怖いな、と思うと同時に家族のありがたさを感じた。

「いやー、いじめられたんじゃなくて、難しい問題を出されたんだよ」

「へえー、高校生から、お父さんが悩むような問題って、なに?」

興味深げに突っ込んでくる。

「この間の授業で裁判員制度のことを取り上げたんだよ。そしたら授業の終わりころになって生徒が挙手をして、先生、人は本当に間違いなく裁くことができるんですか、と質問してきた。あまりにも根源的な質問に、いっしゅんぎくっとした。そういえばそういうこと、根本に立ち返って考えてなかったな、特に現代社会を担当しているのに関心が薄かった、と反省している」

真世は浮かない顔をしている父を見て、なかば冗談っぽい口調でいったことを悪く思った。

「そうか、そういうことで悩んでたのね。それにしても、人は本当に間違いなく裁くことができるのですかって、わたし、高校生のとき、そんな難しいこと、考えたこともなかった。人を裁くとはその場限りの裁きではなく、その人の一生を裁くことだよね。そんな大それたこと、誰ができるのかしら……」

わかったような、雲をつかむようなことを漏らした。今は大学に通っている娘、高校生のころ、世の中のいろいろなことに疑問を抱いていたのだろうか。

妻の小百合は夕食の支度をしながら聞いている。この家の夕食は七時半ころと少し遅い、小百合の仕事が終わってからだとどうしてもこうなる。弟の正之は野球の練習が終わり、腹を空かせて帰り、四人一緒の夕餉となった。家族がそろって食卓を囲える平凡だが楽しいひと時である。

小百合が口火を切った。

「さっき、お父さんと真世が話していた裁判員のことだけど、もしかしたら、お母さんにもある日、突然に裁判所から書類が舞い込んでくるかもしれないのね」

真世は母を励ますのか、けしかけるのかわからない口調だった。

「そうよ、そうなったら、お母さん、気をしっかり持ってよ。任務は重大なんだから」

「書類が来ただけでは実際になるとは決まってないらしいけれど、なる確率は大きくなるわけよね。そのとき、どういう気持ちで臨めばいいのかしら……。わからないわ」

寅太は授業で話したこと、一人の生徒から質問されたこと、帰り道に一緒になってその生徒から聞いたことなどを思いだした。

「今は人ごととして話しているけれども、いざ、書類が来ると、実際問題としてどう向き合うのか、深刻な状況になるんだろうな」

ごくっと食べ物を飲み込んで、気をとり直していった。

「いかん、こんなことを食事中に考えていると、味も何にもわからなくなってしまう。忘れよう」

正之がつられるように言った。

「そうだよ。食事中は食べることに集中しないと、胃に悪いよ」

正之はまだこの問題に興味はなさそうだ、なんといっても中学生だから。

小百合は昔を振り返るように言った。

「でも、聞いていると、高校生になると難しいことを勉強するのね。お母さんが高校生のころって、何年前になるかしらね。そのころは裁判員制度なんてなかったけれど、今になってみると、どんなことを習ってたのか、思いだせないわ。都会では大学へ進学する高校生は六、七割くらいいるのかしら。卒業して就職する高校生には、卒業してからの社会人として生活していけるだけの知識や考える力を植え付けておかないといけないのね。真世が高校に行ってた時、ふと教科書を見たけれど、こんなことを学んでいるのかと、びっくりした。難しくって」

寅太は高校教師である自分が言わねばならないことを代弁されたようだった。

「そのとおり、高校を出て働く若者にも十分な知識と応用力、思考力を身に着けさせなけりゃいかん。ある出版社の出している教科書の『内容解説資料』によると、〝自己と社会をつなぐ力を養うために〟とのキャッチフレーズが掲げられているからね」

真世は経験から話した。

「でも、お父さんのしている社会科に限らず、授業で覚えているのは、まじめな内容より、私たちを笑わせた冗談というか、ギャグなんよ。お父さん、知ってる？　お父さん、きっと真面目一徹でしてるのと違う？　生徒の興味を引こうとすると、一回の授業で一回は笑わさないと……」

正之はこれには大いに賛同した。

「そうだよ。難しい問題を易しく教える。これ、大事なんだよ」

なんか現役の生徒二人に説教されているようで、でも、固い話をしても間合いをもつようにはしているのだが。

「今、ふっと思ったんだけど、この裁判員制度について、高校生同士で討論会をさせれば面白いだろうな、と。ある程度準備期間を設けて、賛成と反対に分かれ、議論を戦わす、のってこないだろうか」

「それって面白いわね。マスコミに言ったら取材に来ること請け合うよ」

「通常の授業では時間がないし、文化祭とかの催しで生徒たちが企画してくれればいいけれど。今からじゃ時間がない。来年にでも話しかけてみるか」

達観したように真世はつぶやいた。

「でも、世の中って複雑で厳しいよね。この可憐な乙女にこれからどんなことが起こるのかしら……。不安でいっぱい」

正之が真面目な顔をして答えた。

「その、可憐な乙女って、誰のことを言ってるの？　まさか……」

「うーん、もう許さない」

家族の夕食時のひとこまであった。

2

教員の日常というのは忙しい。日々の授業をこなすだけではない。当然、授業のためにはかなりの準備をせねばならない。顧問をしているクラブへの指導・監督など休日にも学校へ出ることはしばしばだ。何か問題を起こした生徒への対応にも大いなる気を配っている。子どもから大人になる年齢の青少年特有のことだけでなく、大人社会の反映と思われることもあり、正面から真摯にぶつかっていくようにしている。生身の人間同士の交わりが求められる。

ある金曜日の夕方、トイレから出て廊下で花沢校長と出くわした。まるで待っていたかのように。「中村先生、明日は休みですし、久しぶりにビールでもいかがですか」と誘いの声がかけられた。一年ほど前にもこのようなことがあった。気分は進まなかったが、けっきょくは受け、飲み屋の門をくぐった。話していくうちに、「教務主任」への推薦が話題となり、楽しい雰囲気ではなかった。前回のように何かの問題を出されると困るな、と意識が芽生えた。それに二人で飲むというのは、場がうまく和んでいるときはいいのだが、ちょっとしたひっかかりがあると逃げ場がない。三人、四人でいると他に目配せすることもできるのだが。

「わたしはあまり強い方ではありませんので、ご存知のとおり。他の方はいかがでしょう」

「いや、年代があまり離れていない方が、何かと話もあうことだし」

そして、次の言葉が決め手になった。

「ご存知のとおり、私は来年定年ですからね。永年の想いでも聞いてくださいよ」

来年、といえばあと半年ほどか、ここまでくるにはいろいろとあったんだろうな。そこまでいわれると、断りにくくなった。

「それじゃ、家へ電話しておきます」

そこは花沢校長の知っている店のようだった。戸をあけて入ると、女将が笑顔で迎えてくれた。

「いらっしゃい、あらあら校長先生、お久しぶり、顔を忘れちゃいそうよ。もう少し来ていただかないと。お連れさんは？」

「あ、うちの社会科の先生で」

中村は校長の馴染みと知り、安心感をもった。

「はじめまして、よろしく。中村といいます。平凡な名前でしょ。もう少しかっこいい名字のところに生まれてきたかったですよ」

「ナカムラ先生ね。覚えたわ」

「その、〝センセイ〟は抜きにして、ナカムラさん、でいいですよ」

「わかったわ。それじゃ、校長先生と中村さん、何にいたしましょうか」

花沢校長もすかさず、合いの手を入れた。

「いやいや、わたしも校長先生じゃなく、花沢さんでいいですよ。そう呼んでくれる？　学校では仕方ないとしても、仕事から解放された場所まで肩書をつけて呼ばれるのでは、酒もうまくないからね」

「おふたりともさばけておられるのね。気にいったわ。ここへ来られるお客さんでも、やたら肩書で言い合っている人がいるのよ。○○部長とか、○○課長とかね。そんなのきいていると、わたしだったら楽しく飲めない」

「女将さん、僕たち、腹が減ってるんだよ。適当にみつくろってくれるかな。それから生ビールをグッといくから」

乾杯は元気良く終わった。長いテーブルの上には、女将さんが時間をかけて作ったと思われる〝おばんざい〟が並べられている。

「庶民的な家庭料理が並んでいるのですね。まさにおふくろの味だ」

中村は料理をひととおり眺め注文すると、先日の、裁判の流れと裁判員裁判について行った授業のことについて話した。じっと聞いていた花沢はため息をつくように言った。

「裁判員裁判ねぇー。私にももしかしたら来るのかな、そのなんとかという書類が」

「ええ、来ますよ。来ない、とは言えないけれど、来るかもしれないとは確実にいえますね。ま、宝くじでいえば、一千万円が当たるくらいの確率でしょうか」

宝くじに例えて、笑った。

「そうか、一千万円当たったら、家のローン返済に回すよ。ワハハ、でもね、それ、わたしは新聞などで読んだ知識しかないけれど、きたら断るのは難しいとか。素人を裁判に参加させる理由というのが、〝健全な社会常識〟を司法に反映させるだとか、〝市民感覚〟を導入するとか、抽象的な言葉でわからん」

「そういうことですよね。それじゃ裁判官だけでやっている裁判が、健全な社会常識や市民感覚とかけ離れたものなのかと疑いたくなりますよね。そもそも〝常識〟なる言葉をよく耳にしますが、常識とは何ぞや、について誰をも納得させられる答えはないんじゃないですか」

「そう、ある人が言ってた、〝常識とは大人になるまでに植えつけられた偏見である〟とね。何が常識かというのは、人や、地域や、国や、時代や、民族などさまざまに違ってくるからな。そういうつかみどころのない概念を導入理由にもってくるのは、どうかと思うよ。よくいわれるのに、〝日本の常識は世界の非常識、世界の常識は日本の非常識〟というのがあるでしょう。この前、テレビで食通の人が言ってたけれど、卵を生で食べるのは蛇と日本人だけだとか。日本人も蛇と同列にとられて如何なものかと思うけれど、反対に言えば日本の卵は生で食べられるほど衛生的だということの裏返しでもあるけれど、このことからしても〝常識〟という言葉ほどつかみどころのないものはない」

「校長先生……」

「いかんよ。ここでは〝校長〟といったらいかん」

「そうでしたね。つい、日ごろの癖が出てしまって。先ほどの続きですが、〝市民感覚〟という言葉もピンとこない。辞書で調べたんですが、これに似た言葉に〝庶民感覚〟というのもあります。〝庶民〟よりも〝市民〟のほうが何となくかっこよく聞こえますが、市民感覚とは何か、説得力をもって話せる人は少ないんじゃないでしょうか。選挙で結果がでたり、議会で何かが決まった時、〝民意の反映〟だとか、市民感覚が通ったとかいわれますが、本当にそうなんでしょうか、ときには白々しく聞こえたりもします」

「そうだよね。健全な社会常識とか市民感覚とか、我々をかっこよく持ち上げて、その裏でとてつもないことに引き込もうとしているのでは、と思うと恐ろしいね。庶民感覚と言えば、消費税で毎日の家計のやりくりが苦しいとか、生活に直結したことを実感を込めて言われることもあるしね」

「社会常識とか市民感覚とかいう言葉、概念は常に考えねばならない永遠のテーマなんですね」

他に客がいなかったせいか、女将は聞くともなく、耳を傾けていたようで。

「お二人とも、日ごろの癖がでて、難しいお話をなさっているんですね。でも今のお話って、私にも関係するのかしら。新聞でちょっと読んだことがあるわ。市民感覚とかいうこと、私にはわからないけれど、この歳になるまで苦労してきたことだけは一人前だからね。いやなこと、苦労したことが七、八割、楽しかったこと、良かったことはほんの二、三割だわ。いや、二割未満かもしれない。その苦労を頭に思い浮かべながら、他人に起こったことを重ね合わせて考えることだったらできるかしら」

この女将の名は「北条政子」という。この名前を聞くと、年輩の人からは、ああ、あの昔むかし、鎌倉時代のころ、頼朝の妻であったが、彼の死後、後の若き将軍たちの後見として力をふるい、〝尼将軍〟とさえ言われた人物を思いだされる。〝気の強い女性〟の代名詞のように言われることもある。それをいわれるとこの女将は、そのつど、自分はちっぽけな女性なのに、と思う。

現実は世にいう〝バツ二〟である。人づてに聞くと、一回目の結婚は二十六歳のとき、熱烈な恋愛の末だったそうだ。子どもが五歳と三歳のとき、夫は仕事帰りに道でやくざに絡まれ、腹をナイフでひと突きにされて死んだという。あまりにも突然で理不尽な死に泣いても泣ききれず、しばし呆然としていた。自分も死にたいと思った。しかし、その都度、思いとどまらせたのは、ふたりのかわいい寝姿であった。この子たちをおいて死ぬことはできない。なんとしても、とのおもいであった。加害者からの賠償金などももらえず、実家へ身を寄せて暮らすこととなった。さいわいにも両親はまだ元気で、孫たちのために何かと面倒を見てくれた。物心両面の支援で生きてこられた。

政子は働きに出た。幼い子どもたちを立派に育て上げるために。その会社は建築設計事務所で、政子はそこの総務・会計などの仕事を任された。社長は一級建築士で殺された夫の義理の伯父にあたる。建築事務所としては大きい方で十五人ほどの社員を抱えている。

二年も勤めると、いつのまにか〝総務課長〟的役割を担うこととなり、多忙な毎日を過ごすこととなった。設計事務所には絶えず人の出入りがある。客の一人からある日、食事に誘われた。

躊躇したが応じた。食事しているうちに互いの身の上話となり、政子は夫が亡くなった瞬時の出来事を涙ながらに話し、男性は自分も妻と子を亡くし、今は男やもめであることを静かな口調で話した。

「いやー、初めてお会いした方にこんなことをさらけ出してしまって、情けない。妻と子を同時に亡くしたときはもう生きていく勇気を亡くし、自ら命を絶とうとしたこともありました。気力の弱っているときに限って、妻が枕もとに立ち、そんな弱いことを言ってどうするの、私の分まで生きてほしいのよ、と懇願するようにして、すーっと消えていく、そういうのが何回かありました。亡霊というか、亡魂というか、本当にあるんですね。しばらくしてあらわれたとき、もう私のことは忘れ、あなたのいまと将来のことを考えてください。わたしはあなたの言う〝来世〟で子どもと楽しく暮らしていますから、といって今度は何度も手を振り、去って言ったのです。それ以来、枕もとには現れなくなりました」

政子はこの男性の話を聞き、奥様と子どもさんの生前中は、きっと楽しい家庭だったに違いないと思った。いっしゅんにして大事な人たちを奪った事故は、他人には想像できない苦しみだっただろう。

二人して人には言えないほどの苦悩を経験したのであった。

何回か会った時、「今度は子どもさんを連れてきなさい」といわれ、子どもたちは忘れていた父の姿をすぐに蘇らせるようにその男性にまとわりついて仲良くなった。

やがて結婚し、四人の生活はつつがなく過ごせた。

しかし、幸せは長く続かなかった。二年ほどして、夫が経営していた会社は多額の負債を出して倒産し、どうにもならないと思ったのか、夫は生命を絶ってしまった。遺書には保険金で借金を返済するように書いてあった。死後も債権者たちが訪れ、その対応に精神的疲労を強いられた。ある朝、鏡を見てびっくりした。皺が目立ち、一瞬にして老けたように見えた。どうしてこんなに苦しまなくてはいけないのか、これが人生なのかと。

政子は二度夫に先立たれ、悲嘆の毎日を送った。子どもたちも嘆き悲しんだ。ある晩、子どもの綴った作文を読んだ。

「お母さんがかわいそうです。やっと良いお父さんが見つかり、楽しい生活ができるようになったのに。お母さんは毎日、苦しんでいます。神様、どうかお母さんを守ってください。今の苦しみから守ってあげてください」

上の子は三年生になっており、たどたどしい字ではあったが、しっかりと書かれている。政子はこの作文を読んで泣いた。いつまでも悲しんでばかりいたら、子どもたちに申し訳ない。ある日から政子は笑顔で接するようにした。でも、少しでも気が緩むと顔は曇ってくる。これではいけない、いつのまにか、気を張った生活をするうち、頼朝の妻であった尼将軍（北条政子）のように思われるようになってきた。名前が全く同じなため、ずっと、彼女のイメージから解き放たれることはないのだろう。なにがあっても二人の子どもたちを立派に育て上げるんだと、強い意思がそのようにさせたのかも知れない。飲み客相手のこの仕事は、水・土・日と休み、収入も得たいが、子どもとの触れあう時間をもっと持つようにしている。

花沢は箸で料理を口に運び、少し考えるように言った。

「その、裁判員制度を考える際のキーワードは、健全な社会常識と市民感覚ということで良いのですか」

「そうなんでしょうね。わたしもまだ自信をもって言えるほどではありませんが」

「裁判官とはどういう人か、というのをちょっと耳にしたことがあるんですがね。勿論それが全部ではないでしょうが。裁判官というか、弁護士や検事を目指す人は、ほとんどが大学では法学部で学び、がり勉をして司法試験に合格。二年の司法修習、はじめは〝判事補〟になり、それからは裁判官一筋の生活が何十年とまっている。住居も裁判官用の宿舎に住んでいる。周りは裁判官ばかり。何かの団体に入って活動することも制限され、地域社会との交流が制限されるそうです。極端に言うと、〝蛸壺《たこつぼ》〟のような狭い範囲での生活を過ごしているとか。毎日の裁判官としての業務は膨大な資料（証拠）との対面、精査に明け暮れている。たまに飲みに行くことがあっても裁判官であることはあからさまには言えず、会話の中でも〝うちの会社〟という表現が慣例になっているとか。必然的に交際範囲は狭くなるんだ、だから、外部からの空気を入れて、いわゆる健全な社会常識に近づけていこうとするんだとか……」

「よくご存知じゃないですか。人の裁判にかかわるということ、私ならやりたくないですね。そんなことしようものなら、天の声で〝お前には人を裁く資格などあるのか？〟と叱声が来そうですよ。いえ、確実に来ます。人を裁くなんてできません」

花沢も同意した。

「わたしだって、人を裁けないよ。できるのは生徒の喧嘩の仲裁くらいでね」

二人は実感のこもった笑いだった。花沢も中村もそれなりの人生経験を積んでいる。

「人は誰でも人に言えない暗部をもっていると思うんだ。それがどのような種類のものかは、人によって違ってくる。一生、心のどこかにもっている。人を裁くなんて、その人の人生を裁くなんて、わたしにはできない」

「けれども職業としての裁判官は、そのようなことをどう考えているんでしょう。それが仕事と割り切っているんでしょうか。もし、そうならすごいですね」

「その〝すごい〟というのは皮肉に聞こえるよ」

「わたしおもうんですけど、裁判官も毎年たくさんの人が定年で辞め、あるいは定年を待つことなく辞職して弁護士や大学教授に転出していく人も多いですが、辞めて何年かして裁判官時代のことを振り返った、いわば回想録のようなもの、あまりみませんね。もしかしたら書きたがらないのか、何なんでしょうね」

「そういえば、裁判官の回想録、わたしは耳にしたことないですよ。在職中にかかわったことを書くのは、公務員の守秘義務で縛られているのかな。でも、国民としては、あの裁判はどうしてあのようになったのか、裁判官の心の内を開陳してほしいですね。裁判官も大いに悩んでいることだろう。悩んだ末にどうなったのか、判決文の無味乾燥なものでなく、心の内を文学的表現も交えて」

政子は二人の会話を関心をもって聞いている。

「その、回想録ということ、大いに興味ありますね。辞めてからもそのようなものを打ち明ける、というか、書くのは禁止されているのでしょうか。事件によると、十年、二十年経ってから冤罪だったことがはっきりするのもありますよね、ごくまれに。あのとき、裁判長はどう考え、どう判断し、何を間違ったのか、今になってどう思うのか、知りたいですよね。心の内を」

「そういえば、世の中には職業はいろいろあるけれど、裁判官ほど恐ろしいものはない。なんといっても、間違って有罪にしたものが、はい、間違えましたでは済まないのだから。提出された証拠ではあのような結論になったのです、と言い訳をするでしょう。でも、被告人たちは刑務所に入れられた歳月は戻ってこない。多くの人は働き盛りなんですよね」

政子はきっぱり叫ぶように言いはなった。

「今日は店を閉じる」

言い終わるや、外に出していた暖簾を中に入れ、「本日閉店」の札を出した。中に入り、決意したように口を開いた。

「わたしはね、二度結婚して二度とも夫に死に別れたのです。一回目の夫とは子供を二人もうけ、幸福に過ごしていました。ある日、夫は仕事帰りにやくざに腹をひと突きされて死んだのです。病院へ駆けつけたときは顔に白い布をかけられ、体は冷たくなっていました。とても子どもたちには見せられない姿で。朝には元気よくバイバイして見送ったのに、夜には帰らぬ人になるなんて、いっしゅんのうちに人生の暗転を経験したのです。その男の裁判を傍聴に行きました。審理は淡々と進められ、被害者家族の苦しみなどまるでないかのようでした。涙が出て止まらなかった。結果は懲役十五年。裁判官は実に要領よく、流れに従って処理していくという感じでした。おそらく、裁判官にとってはこんな殺人事件は〝日常〟のことなんでしょうね。でも被害者、その家族にとっては一生の重荷なんです。もしわたしがなにかの〝はずみ〟で裁判員になったら、あの裁判のことを思い返すでしょう。でも、わたしにはなにもできないもどかしさ。こんなことを考えていると裁判員なんかできないわ。そして、この店でお客さんの顔を見て、〝いらっしゃい〟なんていえたものじゃないです。ですから、今日は店を閉じて私も飲むことにしたの」

自分用のコップを出し、飲み始めた。

花沢と中村はどう声をかけて良いのか、わからなかった。慰めていいのか、元気をつければよいのか、遠慮がちに漸く口を開いた。

「人生って、本当に奇異ですね。でも、いま、こうして生きている僕たちが……。どういえばいいのでしょう」

さらに政子は続けた。

「わたしの二度目の結婚は、相手は奥さんと子供さんを亡くされた方でした。互いの苦労をいたわるようにして生きていたのですが、仕事上の失敗でどうしようもなくなったのでしょう、自ら命を絶ってしまいました。悲劇はその後です。債権者たちの容赦ない余りにも非情な対応に私も命を絶とうとしたくらいです。そうすればすべての苦痛から解き放たれると考えたのです。その苦しみは顔にも表れたのでしょう、下の子が母親の苦悩を幼いながらも察したのです、『お母さん、いつまでもわたしのお母さんでいてね』というではありませんか。それで決心した。わたしはなんとしても生きる、と。

今の仕事は実際やってみると苦しいです。お客さんがガラッと戸を開けると、いらっしゃいの笑顔、その日、どんなことがあっても笑顔で迎える。これって客商売の鉄則ですからね。わたし、先生方お二人のお話を伺っていて思ったのです。市井の庶民の何気ないこのような経験が市民感覚をつくり、健全な社会常識に結びついているのだと。違いますでしょうか。すみません、勝手なことをべらべらしゃべって」

花沢はじっと聞いていた。

「いや、そうだと思いますよ。市民感覚とか、健全な社会常識とか、何も特別なことではなく、この社会をつくっている人たちの素朴な人生観なんでしょうね」

「花沢先生がうまくまとめてくださいましたね」

「その〝先生〟はいかんといったろ」

「でもね、飲み屋へ来ると、お客さんは先生か社長さんだということをご存じでしたか」

花沢は頭を掻きながら、

「いやー、まいった。もういっぱい」

三人の語らいは尽きることがなかった。

3

中村寅太はある日曜日、街をぶらついていると、ビラを配っている青年に出くわした。二人で配っていたが、ビラを受け取った方の青年は三十代くらい、いかにも真面目そうで、受け取ると礼をした。なんと礼儀正しいんだと思った。繁華街では道行く人たちにビラや宣伝のティッシュを配っている人たちがいる。ティッシュは実用性があるからか受け取る人はちょこちょこ見られるが、黒一色の何かを訴えるような地味このうえないビラには見向きされないものだ。目を向ける人は百人に一人いるかどうかである。そういうなかで中村は何かわからないままにビラを受け取った。

ビラはA４判の大きさで縦長に印刷され、素人がつくったものとひと目でわかったが、その文面に度肝を抜かれた。中央に大きな文字で、

「人は間違いなく、正しく、人を裁けるのですか?」

いやでもこの文字に、いや、この文言に心を吸い寄せられた。ビラを見た人に第一印象で訴えかけているのだろうか。授業中に生徒から発せられたひと言が、脳裏から離れることはなかった。今、もう一度あの日のことが道行く人に配っているビラで呼びさまされた。大げさに言えば、考えながらも頭の中でもやもやしていたものが、突き破られた感じだった。自分以外にも、このテーマについて考え、悩んでいる人がいるのを知った。

そのビラには「裁判員裁判を考える会・準備会」と世話人の名前が書かれており、次回の会合日・場所などが記されている。じっと見つめた。近くの喫茶店へ入ってコーヒーをすすりながらまたも考え込んだ。会合日は次の土曜日、胸の内で決めた。「よし、行こう」。

喫茶店を出てバスに乗れば十分ほどで帰れるところを、歩きながら帰った。

家へ帰っても先ほどのビラを広げ、みつめている。真世が横から覗き込んでいる。

「へぇー、お父さん、裁判員裁判に引き込まれたんだー」

この前の食事時の話題に引き戻された。

「いやー、引き込まれたんじゃなく、なんとなく吸い寄せられてきた、というのがあたっているかもしれんな。ここに書かれている、〝人は間違いなく、正しく、人を裁けるのですか?〟との疑問というか、訴えかけ、これから距離を置くことはできないんだよ。心の奥深いところにグサッと突き刺さってくる。人間はこれまでずいぶん多くの間違いを犯してきた。種々さまざまな間違いを。後になって、あのことは間違いだったと気づくことがあれば、ずっと、永遠に気付かない間違いもある。ただ、裁判での間違いは、ときとして無実の者を『有罪』とし、いや、それだけではなく、ときには『死刑』を宣告したりする。その結果は処刑という〝法の名による殺人〟が待っている。間違って処刑された人間はもはや蘇ることはない。肝に銘じておくことは、人間とは間違いを犯す生き物だ、ということ」

真世はじっと聞いていた。

「お父さん、そんなに深刻に考えるのは、実際に裁判員になってからでいいのと違う？」

真世はしばらく考えるようにして気を取り直した。

「ピアノを弾いてあげる。明るく、セレナードで……」

そういえば真世は音楽大学へ入り、ピアノの勉強をしているのだった。父として娘のピアノはどの程度の実力なのか、気になっているが、専門外なのでわからない。三曲ほど弾いていたころ、寅太は睡魔に襲われ、いい気分でコックリコックリ首を曲げている。それを見た真世はくすっと笑い、なおも弾き続けた。

学校で、あの日質問をした生徒を見かけると、つい、ビラの真ん中に大きく書かれた文字が浮かんでくる。寅太が考えるようになった原点がこの生徒の質問だったのだから。いや、まさしくそうだった。

土曜日の午後、ビラに書いてあった場所へ行った。参加者は七、八名で、思ったより少なかった。いや、テーマがテーマだけに多い方なのかもしれない。聞けば今回で三回目とのこと。一回目はなんと二人だったそうで、それからいえばずいぶん増えたものだ。こういうテーマの会合にはなかなか足が向かないのだろう。中村は遠慮がちに座っている。緊張感がぬぐえない。参加者とあいさつを交わしたが、どことなくぎごちない。どんな人たちが来ているのだろう。何故か名刺を差し出すのは躊躇した。中村は公立高校の教員でどういうことで教育委員会に知れるかもしれない。しばらくは素性を明らかにせずに参加しようと決めた。

議題はこの会のこれからの進め方についてであった。何人かが発言したのち、進行役の森本昌弘が中村を指名した。

「初めておいでいただいた中村さん、今まで発言されたことなどを踏まえて、何でも結構ですが、今日、ここへ来られるようになった動機でもいいですし、こういう会であってほしいとか、何かお気づきのことでもご発言願えませんか。といいましても、ま、始まったばかりで船の進む方向はいかようにもなりますので」

緊張しながらも話しはじめた。

「はい、中村といいます。よろしくお願いします。あるきっかけでこの裁判員制度に興味・関心をもつようになりました。この前の土曜日、駅前でビラを受け取ったものですから、どんなかな、との思いできました。会の進め方ですが、初めからこの制度に賛成とか反対とかの色を鮮明に出さずに、両方の見解を真摯に聞いて、私たち一人ひとりが判断していくということでどうでしょうか」

参加者の何人かは、うんうんとうなずくものもいた。森本が答えた。

「わたしたち、今までの会合でも、中村さんが言われたように、初めから旗色を鮮明にせず、じっくり考えていこうということになっております。ただ、残念なことに、二人や三人では議論らしいことはできないんですよ。多くなればいろんな意見が出てくるし、それなりのものがあるでしょう。いまはそうなることを期待しております」

中村はまずこのような会のあり方、進行方法なら安心だと思った。

森本は提案した。

「次に具体的な勉強方法ですが、一つは文献をもとにした勉強、勉強と言えば堅苦しく聞こえますが、要は新聞とか雑誌とかに書かれている記事、ときには論文などを材料にして、皆で意見を出し合おうというものです。もうひとつは、誰か裁判員制度について見識をもっている方に来てもらって一緒に考えようというものです。この時も二人で賛成・反対の方の都合がつけばいいのですが、同時に駄目であれば、ある時は賛成の人、ある時は反対の人、となるかもしれません。全体として両方の見解が聞けることが大事だと思います。そのうえでのわたしたち一人ひとりの判断になることですし」

ここまで配慮して会の運営を考えていくのも苦労するんだろうな、でも、何回か続けていくうちに、どちらかの方に傾いていくのではないだろうか、中村は頭の中で逡巡している。しかし、それは自然の成り行きとして仕方ないのではないのかも知れないと思った。

「ただ、この会にはお金がありませんので、講師をお願いしても、ボランティアで来ていただける方がどのくらいおられるのか、想像もできませんね。有名な方だったら、何万円、何十万円と謝礼を要求されるし、そんなお金、だせっこないですよね」

別の参加者からも意見が出た。

「この会はどちらからも支援を受けない、という姿勢でいきましょうや。そうでないときちっとした討論ができにくくなると思いますから」

ただひとり参加している女性、永野珠江からは現実的な話題が出された。

「わたしもその方向に賛成ですが、会を運営していくには、少しと言えどもお金が必要です。皆からの月々の会費は少ないながらも出し合った方がいいと思いますが。それも五百円とか多くても千円、負担に思わないくらいで。資料のコピー代などもいりますし、場所はここを使わせてもらうとタダだし助かります」

会は和やかに一人ひとりが思っていることを出し合った。あくまでも自主的な勉強グループとして進めていこうとの趣旨がにじみ出ている。

次回からはある本をテキストとして、その冒頭部分「あなたが裁判員になったら、裁判員制度のしくみ」について語り合うこととなった。森本がこの本を指定したのは、ここには制度の概要からはじまり、導入理由、問題点、課題などもわかり易く記述してあるからであった。

テキストとして指定された本は各自購入することとし、中村は買って帰った。家で頁を繰っている。なるほどこの本は制度の全体像を把握するのには向いているな、と感じた。どれだけ理解できるかわからないが、とにかく読みはじめた。一五〇頁余りの分量だが、難しそうな用語などについてはゴシックで表記され、脚注が施されている。何度も本文と脚注とを行ったり来たりしながら読み進めている。これが法律文などであれば法律特有の用語・文言で苦労するのだろうな、と思いながらのことであった。それでも夜にはほとんど読み終えた。しばらく天空を仰ぎ見るようにして、裁判員制度というものについて反芻し、全体像をつかんだように思った。学校で教えたときには、文部科学省の指定した「指導要領」や教師用の「指導書」(「さぼ」という人もいる)などを手掛かりとして用いていた。内容的にもそこから出ることはなかった。いまならもう少し咀嚼して話せただろうと思う。しかし、いくら大筋がつかめたように思っても、生徒の質問した「今まで重大な刑事事件についても、専門知識を充分にそなえた裁判官がおこなってきたのに、法律知識など何もない素人にさせて、それでうまくいけるんですか?」との質問にはまだ答えることはできない。ましてや、続いて出された「人は、本当に間違いなく、裁くことができるんですか?」についても答えることはできない。さらに引っかかったのは、裁判員の選任にあたって「クジ」が唯一の方法のように用いられていること、二十歳以上の者から選ぼうとすると「クジ」以外に方法はないのだろうが、運良く、というか、反対に考えると、運悪く何回もの

「クジ」で当たったばかりに、したくもない裁判員にさせられることにもなる。「クジ」であるからどんな人が選ばれるかわからない。「人」が介在するのは、ほとんど終わりの場で裁判長から質問を受ける機会のみである。これも人数の関係で次からつぎへと〝一丁上がり〟式で進められるのだろうか。この後にもう一度「クジ」が待っている。どんな人がなるかはわからない。それでも被告人の運命を決める重要な役目を担わさされるのである。三、四日という短期間の審理期間内に、いうなれば十分に時間をかけて考える間もなく、素性のまったくわからない、そこらへんの「おっちゃん」「おばちゃん」に運命を託すわけで、不安はいっぱいだろうなと感じられる。「クジ」で運命が決せられる。何度もつぶやいた。「クジ」というのは、一見公平そうだが、ことがことであるだけに、何か割り切れないものをもった。

森本昌弘は税理士をしているためか、国税庁の通達や関係機関などからくる無味乾燥ともいえる文書を読むのには、慣れている。それらに比べてこの本は読みやすい部類であった。この本を二日で読み終えた。他の記事で読んだときに目にした司法に健全な社会常識の導入とか、市民感覚とかの説明はなく、この二点はいったい何ものぞや、との疑問を抱いていたにもかかわらず、何も記述がなく、調子ぬけした気分であった。この二つの抽象的な文言、しかし、導入に際して大きく喧伝された言葉でもあった。森本にとっては、〝健全な社会常識〟と〝市民感覚〟については、これからもずっと悩まされることだろう。「考える会」の場でもいつか提起して皆で考えていこうと思った。

森本は振り返っている。この会の開催は今日で三回目になった。今までは会の方向性、進め方などもはっきりせず、フリートーキングで終わり、まとまりのないものだった。それもそのはず、一回目はもう一人が来ただけで、わずか二人で自己紹介をしあい、裁判員制度についての興味・関心の度合いなどについて、なんとなく意見交換をしあったものだ。二回目は三人増え五人になった。この人たちを見たとき、森本は少し頬が緩んだ。五人になると議論らしきものができる。そしてさらには三人増え、八人となった。二人から五人、さらに八人になると、社会のいろんな人たちが来てくれたように思えた。年代・職業などさまざま層なから集まることによって、議論をしても内容の厚みというか、幅が出てくるのだろう。〝健全な社会常識〟や〝市民感覚〟についても、場を一見しただけでもいろんな意見が出てくるように思えた。議論が沸騰して衝突することがあるかもしれない、それを乗り越えることによって、この問題の核心を探っていきたいと願った。

いつも頭の中にあるのは、この会を如何にして有意義なものにし、続けていけるようにするにはどうすれば良いのか、そして中心になるメンバーを二、三人見つけることであった。自分ひとりでは何もできない、と自覚しているから。もうひとつ気にかけていることがある。ここはあくまでも勉強会であって、運動体にはしないということ。賛成であれ、反対であれ、実践行動をするとえてして外部の団体との結びつきや、ときとして〝党派性〟を醸し出すことにもなる。もしそのような人がでれば、この会から出て別の場で行動してもらう。これは会の発起人としてしっかりメンバーに伝えようと思っている。

女性の参加者は今回もひとりだった。永野珠江は主婦として忙しい毎日を送っている。家へ帰るなりとりあえず「目次」と「はじめに」の文章を見て、近いうちに時間をつくって集中的に読もうと計画した。子どもたちは高校と中学生となり、あまり手はかからない。上の女の子は家事を手伝ってくれる。たまには母親が読書している姿を見せるのも、良い影響を与えるだろうと期待している。

会合から二、三日した午後、娘が帰宅するや、母親が本に向かってなにやら難しそうな雰囲気でいるのを見て、異様さを感じた。

「お母さん、またなんで急に勉強なんか、はじめたん？　何か起こるんと違う？」

と言って、本の表紙を勝手に見た。

「あ、裁判員裁判のことか。このあいだ、授業であった。けど、ようわからんかった。なんでまた関心もったん？　もしかしたら裁判員になるかもしれないと思って……」

娘は話しているうちに真剣なまなざしになってきた。

「授業の中でも、一般有権者の中からクジで選ばれた人が裁判官と一緒になって審理して判決するって聞いたけど、どうして裁判官、それなりの教育を受けた人に任せたらいかんのか、わからなかった。裁判に素人を入れて、それでうまくいくのかしら」

この問題についてまだ知識や理解の浅い母親ではあるが、少しは意見を言いたくなった。

「裁判の判断に市民の目線を入れるということなのね。この〝市民の目線〟という言葉もきわめてあいまい、新聞やテレビでも取り上げられた冤罪事件があったわね。犯罪をしていないのに過酷な取り調べなどでうその自白をさせられ、それが法廷で認められて有罪、ときには死刑判決が下された。誤った判決、〝誤判〟というものが、この制度によってなくなるのかしらね。お母さん、わからないわ」

わからなくなっても世の中はどんどん進んでいく。あることが良いことなのか、良くないことなのかは別として。そして個人の意識とはかかわりなく変化していく。ほんの一、二分だろうか、ぼんやりとした。

「ね、もしかして裁判所から書類がくるかもしれないのね。そのとき、どんな気持ちで法廷に臨むんだろう。お母さんが法廷の一段高いところに威厳をもって座る姿を想像すると、興味津々になってくる」

この言葉でハッと気がついた。娘の里佳は来春に迫った受験で大学は法学部を目指すのだと張り切っている。将来は法曹の一員になりたいとの希望を抱いているためか、強い興味・関心を抱いていることを。

他の参加者たちも各々の想いで指定された本を読んでいる。読み進めていくうちに、疑問や不明なことが浮かび上がり、次回集まった時に出してみようと思った。この問題は一筋縄では解けないというか、理解しにくいものである。

前回から二週間経った。さらに三名増え、十一名の参加者となった。会ごとに増えていくのはそれだけ関心が高いということだろうか。マスコミでの報道にもよるのだろう。森本はこれからも着実な歩みをしていきたいと願っている。

会場につくとまずはじめにすることは、机を並べ替えること。ロの字型にし、相互に顔が見えて話せることを意識した。適当な親近性をもたせるよう、座席間隔にも気を遣いながら。

森本が発言した。

「回を重ねるごとに少しずつではありますが、参加者が増え、最初の言いだしっぺとしましては、喜んでおります。この勉強会、いよいよ今日から実質的な〝勉強〟にはいります。前回にご紹介した本をテキストとして皆で意見を出し合い、議論を深めてまいりたいと思います。そこで進行役なんですが、毎回違う人にしてもらうおうと思うんですが、如何でしょうか。ある特定の人がいつもしていたのでは、その人の〝色〟に染まってしまいがちになります。それではこの会が固まってしまうのではないかと危惧しますから」

森本と対面している四十代の男性が相槌をうった。

「それがいいでしょう。会の進め方が〝良い〟とか〝良くない〟というより、皆が進行役としてタッチすれば、より自分たちのものとして考えていくと思いますよ」

他の参加者たちもうんうんと頷いている。

「それでは今日からそのようにさせていただきます。早速今日なんですが、トップバッターとしてやってやろうという方はおられませんか？　この人数ですと、遅かれ早かれ、皆さん、当たることになりますよ。宝くじよりもうんと高い確率です」

笑いが起こった。しかし、誰も手を挙げる者はいない。森本はぐるっと見まわして決心した。

「前回から来ていただいた中村さん、お願いできませんか」

中村はびっくりした。勿論そのようなことは予想もしていなかった。けれどもここでなんとか言って辞退すると、時間が経っていくばかりだ。覚悟した。

「突然に指名されてびっくりしていますが、〝第一の犠牲者〟になりましょう。後は皆様方のご協力をお願いします」

「それでは中村さん、わたしと席を替わりましょう。後はお任せします」

中村は会場の様子を見てはじめた。

「前回にお見えになった方はすでにこの本を読んでいただいていると思います。今日は最初の『裁判員制度の仕組み』のところを順々に読みながら進めていきましょう。それでは安倍さん、『裁判員候補者名簿に載る』のところを簡単に解説してもらっても、あるいは読んでくださっても結構ですので……」

安倍も突然の指名でびっくりしている。少し考え、息を整えるようにして話した。

「はい、この部分では、七頁の『裁判員の選任と裁判員裁判の手続き（原則）』の流れ図がわかり易く示されております。全体像はこれに尽きるんじゃないかと思います。事の本質ではないのですが、候補者の選任にあたっては、〝クジに始まってクジに終わる〟との印象を受けました。〝クジ〟といえば、歳末大売り出しのガラガラ抽選を思い浮かべますが、裁判員の場合は具体的にどんな方法の〝クジ〟なんでしょうね？」

会場は歳末大売り出しのガラガラ抽選の話を受けて大笑いになった。ほとんどの人からは「いつもカスばかりなので、良いのが入っているのか疑いたくなるくらいですよ」

「でも、知り合いは商店街の抽選で一万円のお買物券を当てましたよ」

永野の率直な反応は、

「当たる人には当たるのね、この裁判員のクジ、当たった方がいいのかしら、当たったら悩みばかり増えて、そんなことなら当たらない方がいいかもしれないわね」

森本は前に調べたことを披露した。

「裁判員の場合は、裁判所からの要請によって各地の選挙管理委員会が衆議院議員の選挙権を有する者の中から、コンピュータによって全く無作為に抽選してその名簿を提出するそうです。それからは裁判所での作業になる、ということのようですよ」

話は〝クジ〟を契機として和やかに進み、「裁判員の辞退理由を定める政令」の「欠格事由」に移った。辞退のできる事由の十三項目のうち、トップに掲げられた「(1) 七十歳以上」について、「これって、七十歳以上の人には高齢ということで、何日間かを拘束し、精神的重圧に耐えられないということへの配慮かな」

「でも、今ごろの七十歳って、みなぴんぴんしているよ。うちの両親なんか七十八歳にもなって海外旅行にも行ってるし、そういう人には頑張ってもらわないと……」

「そうね、もっともその歳になるまでにはずいぶんいろいろとあったでしょう、だからこそ、裁判員として酸いも甘いもかみ分けた見識を発揮してほしいね。裁判官の定年はたしか六十五歳と聞いている。それが正しければ、年上の裁判員は扱いにくいのかな？」

「日本が世界でもまれな超高齢社会になっているのだから、お年寄りだからといって引き籠るのでなく、できることをやってほしいわね。そういうわたしもいずれその歳になるのだけど」

（1）以降の項目に列記されている、地方自治体の議員だとか、常時通学する在学中の学生・生徒や、介護や育児、妊娠中の人などについては、それほど議論にならなかったのに、〝七十歳以上〟だけに活発な議論が集中した。予定された時間はあっという間に過ぎた。森本は専門的知識を有している人のサポートなしでも、この本にそっていけば何とかなるのではないかとおぼろげながらも感じた。

参加者たちは帰途、軽い疲労感を覚えた。まるで〝未知の領域〟を覗きこむようでもあった。

何回目かの会合ではテキストから離れて、そもそもどうして裁判員制度を導入することになったのか、が話題となった、〝健全な社会常識〟を裁判に採り入れること、および〝市民感覚〟を裁判に反映する、という推進側の考え。おのずからこの二点に話題が集中した。

「その、〝健全な社会常識〟、とかいう言葉、どういう場面で登場しているんですかね。出所というか、〝出典〟ですね」

リーダーの森本はなにかを準備しているようだ。

「わたし、この言葉の出ているものを探しました。平成十三年六月に出された『司法制度改革審議会意見書―二十一世紀の日本を支える司法制度―』というものです。この中に 一、刑事訴訟手続きへの新たな参加制度の導入、というところで、次のような文章があります。……一般の国民が、裁判の過程に参加し、裁判内容に国民の健全な社会常識がより反映されるようになることによって、国民の司法に対する理解・支持が深まり、司法はより強固な国民的基盤を得ることができるようになる、と書いてあります。ここで〝国民の健全な社会常識〟と出てくるのですが、それでは健全な社会常識とは何か、どういう人、どういう考えのことを指すのか、については何も説明ありません。もう少し後に書いてある、裁判官と裁判員との役割分担の在り方、では、……裁判員が関与する意義は、裁判官と裁判員が責任を分担しつつ、法律専門家である裁判官と非法律専門家である裁判員とが相互のコミュニケーションを通じてそれぞれの知識・経験を共有し、その成果を裁判内容に反映させるという点にある。それから少し後に、……裁判員の主体的・実質的関与を確保するという要請からは、裁判員の意見が評決結果に影響を与えるようにする必要がある、とこのように述べられております。皆さんはこれを聞いてどのようにお感じになるでしょうか」

しばらく誰もが考えているようで、静寂な時が経った。中村が発言した。

「今日の進行役としてではなく、参加者の一人として感想を述べさせていただきますと、実体のない、雲をつかむような〝国民の健全な社会常識〟、人によって、〝常識〟のとらえ方は異なってくるし、ある人にとっては常識であることが、ある人にとっては〝非〟常識であるわけですから。しかもその上に〝健全な〟との言葉がつきますと、いよいよもって何のことかわからなくなってきます。言葉尻をとらえるようですが、〝不健全な〟常識もあるのか、と問いたくなります。ま、それは別として、これを書いた人もさぞ苦労したんだろうな、とお察し申し上げます」

何人かから笑いが漏れた。年配ではじめての参加者が発言した。

「何のことかわからないなぁー、健全な社会常識ってこと。学校の道徳の教科書にでも書いてあるんですかね。私が学校へ行ってた頃は道徳教育なんてなかったですからね。どなたか知りませんか……」

誰からも発言がないため、中村が補足した。

「これについて、答えはこうだ、といえる人はいないでしょうね。きっと各自の持っている考え方が社会常識なんじゃないですか。誰も他人の考えに反対できないでしょうから。何か話をしていて、そんなこと常識じゃないか、と言われると反論できない空気がありますよね」

「常識というものは、時代によっても異なってくるし、その人の属している階層や社会などに共通的にもっている世界観といえると思います。ですから、時代や社会などによってずいぶんと違ってくるんでしょうね。しかもこのグループや社会は狭い場合もあれば、広い場合もありますから……。そんなこと、常識だよ、といわれると、一度疑ってみる勇気も必要でしょうね」

議論は難しい方向へ入ってきた。頭がいたい。

「いま言われたように、特定の社会の成員が共通的にもっている認識、というふうにみますと、ある社会や時代などに限定されない、普遍的なものとして〝真理〟というものがあるのではないでしょうか。もっとつきつめますと、常識に疑問を投げかけることができるのが、『良識』というものが存在するようにも思います。でもそれには勇気が要りますね」

「〝常識は敵だ〟といった人がいました。今考えてみますと、それにも分がありそうですね」

女性も負けじとばかり、永野珠江は意見を述べた。

「わたしも今の『意見書』を読みました。……相互のコミュニケーションをつうじてそれぞれの知識・経験を共有し……ということ、裁判官と裁判員はそもそも責任を分担し合えるのでしょうか？」

最も根源的な問題に切り込んできた。

「わたしは素人の立場から言って、そんな不遜なこと、できません。だってそうでしょ。裁判官になるには大学では法学部で法学を学び、何年間かの歳月をかけて、難関といわれる司法試験に合格して二年間の司法修習を受け、そこでの最終試験にも合格して、裁判官を希望した人は判事補に任命される。そしてわたしの記憶に間違いがなければ、十年間の判事補の後、『判事』として任官される。それからも各地を転々とし、さまざまな経験をして特定事件を担当する裁判長になるわけですよね。そこには当然、非法律家、非専門家に対する〝誇り〟、自分たちだからこそ、正当に裁けるのだ、との〝自負〟はないでしょうか。そこへ〝にわか裁判員〟とそれぞれの知識・経験を共有できるのでしょうか。冤罪は後を絶っていません。警察や検察の執拗な取り調べで、やむなく不本意な自白をさせられ、それが証拠となって法廷に出される。やがて有罪、死刑宣告にまで至ったものもあります。何年か後に再審請求でようやく潔白になった人もあれば、そのまま死んでいった人もいる。実行者（犯人）でない人を、理由はともかく誤って有罪とした人、裁判官についての責任追及はありません。裁判官だからこそ、誤った判断が許されるのでしょうか。言い訳として、有罪を覆すだけの反証が提出されなかったというでしょう。人を裁くことの難しさと同時に、恐ろしさも感じます。さらに心配しますと、裁判員のなかで、声を大きく張り上げる人がいたら、その人に引っ張られたりしませんか。声高に何回も執拗に言われると、他の裁判員は別のことを思っている人でも言えなくなることはないでしょうか。若手の裁判官でさえ、声高の人に流されないとは言えません。こんなこと、心配するのは無駄でしょうか。わたしだけでしょうか。みなさん、どうです？」

誰かがつぶやいた。

「いろんな会議や打ち合わせなどでも、つい声の大きい人、強気な人に引っ張られることはないとは言えないのは、事実ですよ。人間社会って複雑ですからね。思ったように、計画どおりにいかないのが人生だもんね」

「そうですよ、俺にもいろいろあったからね」

実感がこもっている。今日はじめて来た人も負けじと発言した。

「しかし、世の中、何か新しいことをしようとすると、必ず反対する人がいるものです。その反対意見など、ときには〝口撃〟とも思える中で、〝思考〟はもまれにもまれて成長（これも抽象的ですが）していくように思われます。誰かは言いました。〝少数者のなかにこそ、真実はある〟とね。偉大な発見をした人は、当初は弾圧されたり、干されたりした歴史的事実もありますね。問題は、言いくるめるのでなく、とことん反対意見を聴くことじゃないでしょうか？ それと先ほどから言われている〝健全な社会常識〟ということ、これはひとりのことを指しているのではなく、裁判員六人の異なる年齢、性別、職業、家庭環境、人生観などなど、多様な背景をもった人たちが集まり、そこで活発な議論をする。はじめは刺のような突起物がいっぱいあるものが、疲れるほど意見を戦わせ、時間の経過とともに丸くなっていくように、それは先ほど言った、六人のさまざまな人生をかいくぐってきた人たちの議論、喧々諤々《けんけんがくがく》の議論だからこそ、その結果、ひとりでなく、六人の意見は〝健全な社会常識〟に昇華していくのではないでしょうか？」

「今のご意見はわかりますが、でも、全く無作為の抽選で選ばれた人たちには性別や年齢層だけをとってもずいぶんと偏りがあるようですよ。例えば男女比が五対一になったり、年齢層の偏りがでたりとか。活発な議論のできる人が結果として選任されるとは限りませんからね」

「もしかしたら、間違っているかもしれませんが、『市民感覚』という言葉、『市民感情』と置き換えてもいいのでしょうか？　もしそうだとすると、市民感情というもの、その社会や状況によっていくらでも変わるもの、『社会常識』にしてもそうです。マスコミの誘導によっても変わります。あいまいな言葉は無責任なものです。社会状況や裁判員個人の感情に流されることはないでしょうか。そんなあやふやなものを根拠にして〝裁判〟という強制力をもった〝儀式〟を行ってもいいのでしょうか。良いとすれば、どこにその根拠があるのでしょうか」

見識のありそうな志水が語った。

「『常識』とは、その時代、その社会やグループなどでの『暗黙の了解事項、共通認識』という風に理解しますと、極端な例を言って申し訳ないのですが、アメリカでは今から五十年、六十年前には黒人を差別することが当たり前でした。これは白人からの一方的な見方ですが。スクールバスには黒人を乗せないとか、日常のあらゆる場面で、黒人のみでなく有色人種の排斥があり、それが普通のようでもありました。日本人も〝ジャップ〟と言われて、ずいぶんいじめられたものです。もちろん、そういうなかでも差別反対運動はありました。でも、白人社会では差別することが当然のようでした。彼らのあいだでの共通認識であり、〝当然のこと〟だったんです。それがなんですか、今ではアフリカ系の人を国のトップ、大統領に選んでいるではありませんか。陰ではいまでも差別はあるように聞いております。けれど以前のアメリカ社会の、特に白人社会の考え方をも変えてしまっているのです。時代の共通的な考え方、世界観は大きく変わったのです」

議論が深まるにつれ、ある種の〝るつぼ〟にはまりそうになった。

はじめて参加した太田黒は、目を閉じながら、じっと考えている。

「しかし、ある日、突然に自分の意思とは無関係に裁判員に選任され、法廷で一段高いところに座らされて違和感を抱く人はいるかもしれませんね。裁判官は職業・職務を通じて日々被告人と対峙することが運命づけられている。しかし、裁判員はなにかの〝はずみ〟、抽選で逃れられないようにして選任された人たちです。自分の座る場所を間違えたのではないか、自分には人を裁く権利があるのだろうか、疑念を抱くのは当然かもしれない。もしかしたら、何かの拍子で目の前にいる被告人と立場が逆になってしまうのではないのか。ふっとそう思うこと、ないでしょうか。進んでか、仕方なくかは別にして、裁判員にさせられたばかりに過去のことを思いだし、内心忸怩たるものをもって座らされるということもあるでしょう。辞退すればいいと思われても、どうしても言いにくい、いや、言うきっかけも見過ごしてしまって、ずるずると最終局面まで来てしまった。このような人でも、評議に加わり、有罪となれば量刑についても意見を述べなければならないってこと、ありませんかね。人はみな、自身の心の内に、善なるものと、悪なるものとを併せもっているのを否定できないと思います。時と場合によって、どちらの芽がより多くでてくるか、ではないでしょうか。そして私たちには、〝自制心〟というものをもっております」

志水は昔聞いた話も披露した。

「若かったころに何かで読んだものに、ベトナム戦争のころです、アメリカで道理のない戦争に参加して、ベトナム人を殺すことを忌避する考え〝良心的兵役拒否〟とかいわれたようですが、この裁判員制度についても、わたしには人を裁くことはできない、と通知が来た時、拒否することはできるのでしょうか」

一同は腕組みをして考えている。

森本はなにかを思い出したように言った。

「わたしはキリスト教の信者ではないのですが、この前『マタイ伝』のことをちょっと読んですと、このような一節がありました。忘れないようにメモしました。

『……あなたが裁くその裁きで、自分も裁かれ
あなたが量るその量りで、あなたも量られる』

というものです。この文章をどのように解釈するのか、きっと深い意味があるのでしょうが、わたしにはその方の知識はまったくありません。でも、何か考えるものがありました。人には、はたして他人を裁くなんてできないのではないかと思ったりもします。それでも昨日も今日も明日も永遠に、『裁き』は行われています」

さらなる問題点を提起した。

「さらに重要なことは、従来は裁判というものは長期間を要するものとされてきました。事実、

公判からつぎの公判までは早くても一週間とか二週間、ときにはひと月とかふた月とか空けて開催されてきました。その間に、書面や証拠資料をつぶさに調べ、問題点などを浮かび上がらせたものです。裁判官には考える時間がありました。そのため『精密司法』とか言われている所以です。しかし、裁判員制度においては、裁判員の負担を軽減するとの趣旨から、公判の連日的開廷により短期間で決着するようにもっていかれ、従来であれば半年から一年ほどかかっていたものが、四、五日、遅くても二週間ほどで判決が言い渡されます。さらに争点や証拠、さらには証人の証言内容に至るまで事前に詰められていくのです。〝手抜き審理〟の恐れがないとは言えません」

参加者の多くはいろいろと出される意見を聴きながら、腕を組み、下を向いて考えに耽っている。

「考えれば考えるほど、いろんな問題が出てきそうですね。次回も引き続いて意見交換しましょう」

三々五々、家路についた。それから数日後、永野は家事をしていても裁判員のことが頭から抜け切れない。そしてふっとよぎるものがあった。人が人を裁くことがどうして可能なのだろうか。できるとすると、どのような人に裁く権利はあるのだろう。ある種の〝試験〟にとおったからだろうか。その権利は何に基づいているのか。マイカーを運転していて、制限速度を十キロ以上オーバーして、あわや事故に、となったことはないだろうか。人間、一生を通じて何も悪いことはしていません、と胸を張って言える人はいるのだろうか。でも、人は人を裁かねばならない。社会の安全、秩序を守ることも必要だと思った。裁判官になった人は、終生、後ろ指を指されるようなことはしてこなかったと保証することはできるのだろうか。「裁判所」という国家機関だからその権能は備わっているのだろうか。

永野は考えているうちに右手に包丁を握っていることを忘れ、無意識の世界に入ったようだ。指を切ってしまった。真っ赤な血がしたたり落ちている。ただぼんやり見過ごしている。赤い血を見てまっ先に思ったのは、自分はこのように生きている、まぎれもない事実だ。でも、誤った裁判で死刑判決を受けた人は、やがて処刑され、もう二度とこの赤い血を見ることはできない。生きている証しとしての血を。

里佳が帰ってきた。うつろな目をして台所で真っ赤な血を見ながら呆然とたたずんでいる母親を見て愕然とした。母は気が正気なのか。背中を強くたたいた。

「お母さん、どうしたの、血がぽたぽた落ちてるじゃないの。いったい、どうしたの……」

里佳は救急箱から消毒薬を取り出し、痛がる母親の傷口を甲斐甲斐しく手当している。

「お母さんにもね、いろいろ考えることがあって、つい、手が滑ったのよ」

台所のシンクにも血はたらたらと付いている。

「あぁ、もっと早く帰ればよかった。気をつけてよ。お母さんひとりの体じゃないんだから」

里佳は母があまり熱心に裁判員制度の問題に深くかかわらないことを望んだ。

それでも永野珠江はこりることなく「会」に出席した。

この会の年長と思われる志水はある話題を提供した。

「裁判員の苦悩がにじみ出た案件があります。元裁判員の六十歳の女性が強盗殺人事件で被害者の血が吹きでた凄惨なカラー写真を法廷で見せられ、それにもまして、被害者の救いを求める悲痛な叫びの入った録音を聴かされたというのです。それ以後、熟睡できなくなり、嘔吐したりして、何人かの医者に診てもらったそうです。その結果、〝急性ストレス障害〟と診断されました。悩み、弁護士と相談して国に慰謝料などの国家賠償を求めた裁判が行われております。わたしはこのことを友人の弁護士から聞きました。彼の予想では、結果は見えているというのです。おそらく元裁判員の賠償請求は棄却されるでしょう。ストレス障害はある程度認定される筋書きがみえます。判決の中心は『裁判員制度は合憲』とされるというのです。間違っても『違憲』とはなりません。判決理由として、裁判員の選任過程で、辞退が認められ、負担の軽減がとられている、さらに裁判員の負担は〝合理的な範囲〟にとどまっている、となるでしょう。この言葉、その弁護士によりますと、官庁のよく使う言葉だそうです。〝合理的〟とは何か、惑わされますよね。でも、聞いた人は合理的ならまあいいか、深くは考えずに安直に受け取ります」

森本がひと言口をはさんだ。

「合理的、というのは、何をもってそのように言えるのか、モノサシがわかりませんよね。人によってどうにでも捉えられますから」

多くのメンバーはうつむき加減で聞いている。

「きっと、訴えた女性は事件の惨状を目の当たりにして、心は暗くなり、悩み抜いたのでしょうね。それだけじゃなく、肉体的にも影響を受けたとなると、いてもたってもおられなかった気持、わかります」

「結果は残念ながら、志水さんの言われるようになるかもしれません。でも裁判員の心情を理解するような判決が出ないものかと念じます。裁判所はどうか、苦しんでいる人、悩んでいる人を理解するように考えてほしいものですね」

志水は友人からさらにいろんなことを聞いているようだった。

「でもね、裁判所の世界は、〝証拠〟と〝それを適用する法律〟ですよ。世間の人の悩みや苦しみを考えるのは埒外のようです。残念ながら原告敗訴となっても、新聞やテレビで報道され、そちらの効果は大きいでしょう。それによって世間はどう受け取るか、成り行きを注視したいものです」

この志水慶彦は今でこそ中堅の会社で役員をしているが、あまり人には自慢できないような流転の人生を送っている。脱サラをして、最初は零細工場を立ち上げ、ある期間はうまくいっていたが、取引会社から不渡りをつかまされて倒産、夜逃げ同然で逃避生活をした経験がある。少し落ち着いて友人との共同経営、今度は友人が賭博と女で金を使い込み、失意の日々を過ごしているうち、支援者の援助を得、再出発している。今は過去の失敗を苦にしないように働いているが、過ぎ去った日々のことは忘れていない。いや、忘れることはできない。

永野は同じ女性として思うところがあったようだ。

「わたしは今のお話を伺って、自分の身に置き換えて考えました。法廷に提出された犯行を証明するためとはいえ、残忍な、しかもカラーのものを見せつけられて、気持ちは尋常ではいられないでしょう。裁判官はこういう場面になれており、検察官は自らの立場を正当化するため、裁判員にも被告人の悪い印象を植え付けたかったのでしょう。別の言い方をすれば、それが職務であり、責務でもありますから。でも、裁判員はある日呼び出され、何回かの抽選を〝運悪く〟通過したばかりに凄惨な証拠写真を見なければならない。わたしなら、とうてい我慢できません」

出席者の誰もが永野の意見にうんうんと頷いている。

志水は追い打ちをかけるように言った。

「この女性は、多くの苦しみを抱えて、裁判所に救いを求めたのでしょう。しかし、それは報われない可能性大です。原告は今度こそ、と思って高裁へ控訴するでしょう。でも、先は暗いですよ。なんといっても、この制度は国の大きな政策ですからね」

安倍は突っ込んで聞いた。

「それが何か影響するのですか？」

「ずいぶん昔になりますが、『砂川事件』というのがありました。詳細は省きますが、一九五七年のことです。東京地裁の裁判長であった伊達秋雄は、アメリカ軍の駐留を許容したのは、憲法違反であるとの判決を下したのです。当時、大きな話題になりました。これにたいし、検察は高裁を飛び越して最高裁判所へ上告したのです。結果は地裁の判決に問題があるとして、差し戻し判決、地裁、ふたたび最高裁へと移り、伊達判決は覆されました。そして伊達秋雄氏は冷遇され、左遷されていったのです。政府としては、最高裁に圧力をかけてでも伊達判決を葬りたかったのです。要するに、大きな〝国家意思〟が否定されることだけは避けたかったのです。今回でも、裁判員制度は国の意思として決定され、実施されたものです。そのことは担当裁判長には陰に陽に影響するだろうと思います。最高裁の方針・意思には逆らえないのです。法曹三者のうち、裁判官は独立して自由裁量のもとで判断できるという建前です。検察は検事総長をトップとする大きな組織で、上命下服の関係で職務を遂行することが義務付けられております。裁判において検察は国を代表しているのです。一般にはこういうこと、あまり知られていなくても、世のなかのことなんです」

一同はそんなことがあるのかと、頭を抱え込んだ。中村は疑問をぶつけた。

「こういう問題は裁判員裁判の対象になりませんかね」

「もし、してごらんなさい。裁判員裁判は〝違法〟だということになりますと、政府の方針が否定されることになるのです。司法への国民参加、とのきれいなうたい文句で発足したものです。その結果、〝健全な社会常識〟や〝市民感覚〟を採り入れた結果として報道され、政府や最高裁は苦境に立たされるでしょう。国を相手にした裁判は、初めから対象から外されているのです」

一同は世の中ってそういうものかと、無常観を抱いた。

第二章　「市民感覚」は生かされているか

1

　中村寅太の通っている高校では、九月下旬ころから「文化祭」の準備に余念がない。特に三年生は高校生活最後となるため、いろいろな想いをこめて精力を注いでいる。

　十一月初旬、文化祭当日を迎えた。中村はクラスや部活動の成果を展示する会場などを見てまわった。どれも若者たちのエネルギーに満ちている。あまりにも見事な出来栄えであるため、ここまでやるかとの思いを抱くものもある。

　授業のときに裁判員制度のことで質問した生徒が寄ってきた。彼は写真部に属している。

「先生、どうです。この写真は僕たち五人で撮ったものです。山、風景、花、スポーツと興味関心の赴くままに撮りました。あの風景写真、街を歩いていて面白そうな場面でパチリと収めたものです」

じっくりと見た。高校生にしては、との言葉は失礼のように感じた。そこには素人離れした視点があり、生き生きとした感性がちりばめられている。祖母と孫娘が向かい合って楽しそうに話しこんでいる写真を指差した。

「これなんか、すごいね。おばあちゃんと可愛い孫娘の心の触れ合いが見事に表現されているよ。わたしも人の心を打つような写真を撮りたいけれど、なかなかでね」

「やっぱり、数多く撮らないとだめですよ。それと最近おもうんですが、いろいろなことに好奇心をもつことだと思うようになりました」

中村はなるほど、そうであるからこそ、授業中にあの質問になったのかと思った。

他の作品に目を移すと、『母の郷里』という題の組み写真がある。これを出展した生徒の母は新潟の佐渡出身、なんでも島の南部に『宿根木』という集落があり、そこから就職で都会へ出、結婚したそうな。生徒はこの夏、五年ぶりに母の郷里へ行き、感動の日々を過ごしたと言っている。

中村はそれまで佐渡の『宿根木』について、地名は勿論、何も知らなかった。彼は竹田という。

「竹田くん、宿根木ってどんなところだった?」

竹田は聞かれるのを待っていたようだ。目を輝かせて話しだした。

「宿根木についた時、よくもこんなところで生活していたものだ、と思いました。けれども二日たち、三日もいると、昔の人たちの生活が目に浮かんでくるようになったんです。まるでその時代にタイムスリップしたようでした。江戸時代後期から明治初期に栄えた『北前船』の寄港地として発展した港町なんです。船大工の人たちが造った街並みが今も残っているところです。集落のなかに『世捨小路』という細い道があります。それがこの写真です」

中村はヨステコージと聞いてどういうところかわからなかった。

「それはどういう字を書くの?」

「まさに〝世を捨てる小さな路〟、というのです。〝世捨て〟のいわれは、宿根木の人が亡くなりますと、集落の一番奥にある称光寺でお葬式が行われます。お葬式が終わりますと、出棺は身内の人たちが担ぎ、その棺は最後にこの小路を通ったからなんです。〝この世と別れる小路〟という意味で、いつのまにか『世捨小路』と呼ばれるようになったそうです。この路は近くで出た石を敷き詰めてでき、人のよく歩いた中央は磨り減っていて、どれだけ多くの人たちがこの路を通ったか、感慨を覚えます。母は小さいころ、このあたりで遊んでいたのかと思うと、郷愁に浸ってしまいます。都会で育った僕は日本にはこんなところもあるのだと初めて知りました」

中村はこの日本には、実にいろいろな変化にとんだ〝私の知らない場所〟があるものだ、自分はまだその一部しか知らないと思いつつ、他の三枚も熱心に見た。じっと考えている。

「この付近というのは、きっと〝日本の原風景〟を醸し出しているんだろうな。わたしもいつか行って見たくなった。いつ実現するかしれないけどね。忘れないようにするよ」

皆に言い残して去った。

別の教室では文芸部が朗読会をしている。ロシアのドストエフスキー『罪と罰』の一節だった。いつか読んだことがあったな、と記憶を呼び起こした。凶悪で非道な高利貸しの老婆を殺してその蓄財を困っている人に使おうと考えるが、偶然そこに居合わせた妹までも殺してしまった。貧乏な青年はこの殺人を巡って罪の意識にさいなまれていく、という筋書きだったと思いだした。もう二十年ほど前になるのだろうか、記憶は薄らいでいる。第三部の冒頭部分を朗読している。

「……その目には苦悩に近い激しい感情が見えたが、それと同時にじっと座って動かぬむしろ狂人の目をさえ思わせるものがあった……」

『罪と罰』という書名は、裁判員制度を考える際、常に頭にこびりついていたことであった。人はどうして〝罪〟を犯すのか、そしていかに〝罰〟を受けるのか。教室を出るころには頭の中はすっかりこの問題でいっぱいになっていた。二十年ほど前に読んだ感想とは違ったものを、今、読み返せば感じるのだろうな。その間のいろいろな経験がそのような想いにさせているのかもしれない。

高校生たちの文化祭は盛況のうちに幕を閉じた。これを契機に大学進学を目指している生徒たちはさらに猛勉強に入ることだろう。一人ひとりのがんばりに期待しよう。

職場である高校の門を一歩出て考えることとは、「裁判員制度を考える会」のことだった。この問題をとおして社会とのつながりが密接になっているのかもしれない。

考える会はいつも活発だ。この調子では専門家を講師として招かなくとも、充分議論できることを知った。何回か参加し、発言もそれなりにしていると、中村は自然と事務局長的な存在になってきた。リーダーである森本には自分は高校の教師で社会科の担当であることをいつかのときに言った。

「そうですか。学校現場もいろいろと課題というか、問題を抱えているのでしょうね。これからも『会』を盛り立てていけるようにご配慮をお願いします」

二人はいつか打ち解けて話せるようになっていた。

「わたしがこの問題に興味をもったきっかけになったのは、授業中に一人の生徒が質問したことでした。それからというもの、頭から離れず、ある日のビラを見て、吸い寄せられるようになった次第です。これからもいろいろ皆さんと一緒に考えていければと思います」

数カ月もたつと、よく出席している人たちはすっかり昵懇《じっこん》の間柄になり、本題が終わってからもプライベートな内容で賑わっている。男性たちは飲みに行く約束をしたりして、〝外での議論〟もはなやかなようだ。

秋もだんだんと深まり、家族のあいだでも今年紅葉はいつ頃がいいとか、どこに行こうかと食事どきの話題になっている。各人が自分の気の赴くままに行先を出し合っている。家族で行くのは一か所とまとまり、あとは友だちと行くなりにしようとおさまった。

月日の経つのは早い。中村はついこのあいだ街でビラを受け取ってからの歩みを振り返った。

会のメンバーと忌憚《きたん》のない議論をすることによって、大きな収穫を得たのを実感した。十一月三日は「文化の日」、文化勲章と文化功労者の表彰日。記念写真を見ながらこの人たちの業績に敬意を表した。

中旬のある日、明日にはモミジの名所へ行こうと喜び勇んで帰宅すると、真世がニヤニヤしながら大きな封筒を渡した。

「なんだ、ニヤニヤして、なんかいいことでもあったのか」

「お父さん、待ってたのと違う？　でも、決まったわけじゃないからね」

裁判所からの薄緑色の封筒だった。どきっとした。くるものが来たか、との思いで封を切った。A４判の大きさで六枚送られてきた。一枚目が名簿への記載を知らせるもの。

裁判員候補者名簿への記載のお知らせ

このたび、あなたは、抽選の結果に基づいて、当裁判所の裁判員候補者名簿（有効期間平成二十五年一月一日から同年十二月三十一日まで）に記載されましたので、おしらせいたします。

現段階では、名簿に記載されただけであり、裁判所にお越しいただく必要はありません。

今後、この名簿をもとに、実際の事件ごとに裁判員候補者を選んだ上で、当裁判所においてその候補者の中から裁判員を選ぶ手続きを行います。あなたが具体的な事件の裁判員候補者として選ばれて、裁判員を選ぶ手続きのため、当裁判所においでいただく必要が生じた場合には、別途、事前にお知らせいたします。

二枚目以降に「調査票」及びその記入方法があり、「現時点において、いずれの項目にも当てはまらない方は、返送は不要です」。今後、最終的に選ばれることがあっても構わない者は「調査票」を送る必要はないとのこと。

じっくりと読んでいる。特に気になったのは、「一年間を通じ、裁判員になることを辞退できる場合」の数項目であった。

5　平成二十五年の一年間を通じ、学校の学生または生徒である方は、辞退できます。

［資料の例］学生証の写し等を提出。

6　重い病気又はケガにより出頭困難である方。　病名、症状その他の事情。

［資料の例］診断書の写し、医療費の内容がわかる領収書の写し等。

第3－5　介護等（付き添いを含む）を行う必要がある方。　介護等を必要とする方との関係、その方の心身の状況、病状等。

［資料の例］介護：要介護認定者であることを証する書面の写し、介護保険証の写し、障害者手帳の写し等。

通院等の付き添い：診断書の写し、医療費の内容がわかる領収書の写し等。

他にもいくつかあった。辞退には「証明書」の必要なこと、裁判員の選任過程で、「辞退を認めるなど軽減が図られており……」は、あくまでも裁判所側、実施者の論理であって、これらの証明書を提出するのを〝面倒なこと〟、と思い、出し渋るかもしれない。あるいは人によってはここまで要求するのは〝義務〟と受け取るかもしれない。その結果、いつかの『考える会』で話されたように、法廷で凄惨なカラー写真を見せられて、急性ストレス障害になる人がいることもあながち否定できないことと思った。

次回の『考える会』に持っていって、名簿に記載するという実際の書類はこんなものだと紹介しようと思った。

妻の小百合や真世は書類を何回も読み、みつめている。

小百合が口火を切った。

「何人の人にこの書類が送られたんでしょうね。受け取った人は皆、不安と驚きと、これからどうなるのか、突然の通知に戸惑っているのじゃないかしら。あなたは今まで『考える会』なるもので知識を得、メンバーの方たちとも話し合っているからまだいいにしても……」

真世も同じ思いをもっているようだ。

「ね、お父さんの言ってた健全な社会常識をもっている人ばかりに送られたのかしら」

すぐさま、否定した。

「そんなこと、ないよね。だって、会ってもいない人に何もわからないもん」

真世のひと言によって、忘れかけていた「健全な社会常識」との言葉を思い出させた。

「そうだよね。世の中にはいろんな立場や考えや感情をもった人たちがいるから、そのなかで〝市民感覚〟を採り入れるといっても、かなり抽象的で、最終的に裁判員になった人たちが、はたしてどこまで〝健全な社会常識〟を意識しているか、わからないよね」

「それでどうするの？　辞退するの？　しないの？」

考える仕草をして、黙り込んだが、その迷いは妻のひとことで決心に変わった。

「自分たちの考えていることが、正しいか、正しくないのか、やらずして、どうしてわかるの？」

胸に直接響いた。そうだ、やらずに後悔するより、やってからの方がまだ納得いくというものだ。

月曜日、学校へ行って校長と教頭に書類を見せた。校長とはさる料理店でこの話題で話していたことがあるためか、理解しているようだ。

「次は実際の事件が起こった時にまた抽選で当たれば呼ばれるようです。もし最終的に選ばれますと、何回かの授業のことが気になります。日数は事件の内容によりますから今のところわかりません」

教頭は裁判員制度のことを初めて耳にするのかもしれないが、自信なげだった。

「本校では初めてのことなので、教育委員会と相談してみましょう」

校長は言い難そうであったが、「わたしは来年三月で定年で去りますから、次の校長とも相談してください。でも、よく当たりましたね。わたしなんかクジにあたったことないですよ。歳末のガラガラをまわしても末等ばっかりで」

三人は大いに笑った。

「会」のメンバーは中村に裁判所からの書類が来たことにどう思うだろうか。

それから二週間ほどして「会」へ行くと、参加者は今までで一番多いのではないかとびっくりした。欠席が多い人は名前を忘れた人もいる。会はいつもうちとけた雰囲気で進んでいく。

「いやーね、例のやつが、裁判所から『裁判員名簿への記載のお知らせ』というのがきたんですよ」

リーダーの森本は、

「こんなとき、どういえばいいのでしょう。良かったのか、あるいはこれから何回かの抽選で最終的に裁判員になった時のこと、戸惑いや苦痛を考えると、複雑な気持ちですね」

会のメンバーは今までの勉強会である程度の理解が進んでいる。

「もし、最終的に裁判員になられたら、健全な社会常識とやらを存分に発揮してください。中村さんならきっと良い方向にいくと思いますよ」

ほめているのか、ねぎらっているのか、わからない。自身に書類が来ていないうちは〝ひとごと〟であるのは否めないから。

「でもね、裁判員は他に五人、そして問題なのが三人の裁判官。今まで裁判官という職業の人と付き合いも何もありませんからね。どういう職業意識、職業倫理をもって日常の職務を遂行している人なんか、九人の評議が本や資料で読んだとおりなのか、違うのか、まったく想像つきません」

二十代後半のサラリーマン風の青年は同情しているらしかった。

「そうですね。もしなられたら、ご苦労なことと思います。大いに悩まれることでしょう。いえ、悩んでください。有罪・無罪について意見を言い、量刑についても求められるのですから。私だったらそんな恐ろしいこと、できません。といっても、私にもいつか来るかもしれない、来ない、との保証はないんですね」

さきほどの志水が言った。

「なんか、戦時中の〝赤紙〟のようですね。こんなことを言うと年寄りのようですが、赤紙のことは親父からよく聞かされました。あれはまったく〝辞退〟できなかったといいますからね。辞退などすれば憲兵か特高に連れて行かれますよ。今度の『通知』も個人の気持ちとは全く関係なしに来るものですから、そう受け取れるかもしれませんね」

「中村さんの家ではどんな様子でした？」

「わたしが仕事から帰ると娘がニヤニヤして裁判所からの封筒を渡すんですよ。待ってたのと違う？　とか言って……。書類を何度も見ました。見落としのないように。この現実をどう受け止めるか、人を裁くということを。困った様子をしていたのでしょう。妻のひと言で決めました」

「奥さんからのひと言？」

「ええ、自分たちの考えていることが、正しいか、正しくないか、やらずして、どうしてわかるの？　というのです。この言葉にはまいりました。やらずして後悔するより、やってから考え、後悔するならしようと思いました」

「しかし、奥さんはずいぶん思い切って言われましたね」

ひと呼吸おいて付け加えた。

「わたしもそうだと思います」

永野は、中村の言ったこと、心に引っ掛かるようだ。

「わたしだったら、主人に来た時、そういえるかしら。でも、やらずしてどうしてわかるの、名言だと思います。今までの人生で、思い悩んだ末に止めてしまったこと、いくつもありますもの、そして後になって、やっぱりやっておけばよかったと……」

発言の少なかった太田黒が少し話題を変えた。

「この書類っていうのは、年一回ですか？　それとも二回とか」

「いえ、年一回です」

「そうか、そうすりゃ、今年はもう僕のもとへは来ないということですね。来年に期待しよう」

会の雰囲気はなぜか、中村と同じように来てほしい、との空気が満ちてきた。書類を手にすれば、そのしゅんかんから、自分の問題としてとらえることにおのずと追い込まれる。逃れられない現象として迫りくる。そして今までの〝勉強〟を重ねてきたこととの乖離はないのか、現実はどうなのか、考えたのかもしれない。

議論が沸騰した日の帰り際には一種の充実感をもっているのは、多くの人に共通しているように思われた。


中村はある金曜日の帰り道、ふと花沢校長と一緒に行った「千代乃」へ足が向いた。家へは「ちょっと遅くなる」と電話を入れて。

戸を開けるや、女将が元気良く迎えてくれた。

「あら、いらっしゃい、中村先生、お久しぶりです。今日は花沢校長先生は?」

「いやね、学校を出てひとり電車に乗って、ふと、女将さんとこへいってみようかと気が向いて、途中下車したんですよ。そういうことで今日はひとりです」

少し考えるようにした。

「あれから何カ月になるのかな」

「そうよ、たまには覗いてくださいよ」

他に客はいなかった。二人でたわいのない話題で花が咲いている。思いだしたように女将が叫んだ。

「先生、きたんですよ!」

「え、何が……」

「ほら、前に来られた時に言っておられた、裁判員のこと、十一月のいつだったかしら、裁判所から緑の封筒で『裁判員候補者名簿への記載のお知らせ』というのが。来年一月から十二月までの間が有効らしいですね。つぎ、どうなるのでしょう?」

中村はびっくりした。

「なんか奇遇だな、僕にも来たんですよ。それでどうしました? 『調査票』は送ったりとか……」

「いいえ、なにもしてません。なんというか、やっぱり裁判所からの書類というだけで、びびってしまって」

「調査票を送らないということは、辞退する理由がないのであって、来年のいつか、裁判所から呼び出しがあるかもしれませんよ」

「きたら来た時のことですよ。やれ、と言われれば、私の人生をかけてやってみせます」

「えらい自信というか、心意気ですね。女将さんのような人は別にして、多くの人は日ごろなじみのない裁判所から封筒が来て面喰っていることだろうな。来年のいつか呼び出しがあるのか、ないのか、わたしも期待せずに待ってましょう。もしきたらその時に考えます」

「それはそうと、花沢校長先生、来年三月で定年なんですって? お淋しいでしょうね」

「仕方ないですよ。十年もしないうちに私も同じ道をたどるんです。年々年寄りは去り、若い人が上がってくる、そうして組織の新陳代謝がはかられていくのですから。そうでないと若いひとはいつまでも能力を伸ばせませんよ」

「ま、理屈はそうですけれどね、辞めてからの人生設計とか……」

「花沢先生、いつか言ってましたよ。わたしは人生を三区分で考えている、その第一は誕生から学校を卒業するまで、この間というのは、もっぱら親に依存している時期、経済的にすべてを依存していることに象徴されるように、『親』という〝桎梏〟に縛られている時期。第二は卒業してから一定の職業につき、社会的にも複雑な歯車の中に組み込まれ、と同時に家庭をもち、子育て、と悩みの絶えない時期、この第二期がいちばん大切で、人生が充実するかしないか、大きなポイントとも言えます。最後の第三の時期、これを花沢先生はどういっておられたと思いますか？　定年を過ぎて人生の〝晩熟期〟と捉えて、この時期こそ人生で最も意義深いものにしなけりゃいかん、とこれ先生の信念のように見受けられました。多くの人は、いや、第二の時期にこそ社会的に活躍しているころで大事なんじゃないかというでしょう。先生は目を輝かせて抱負を述べておられましたよ。第一と第二の時期に経験し、考え、失敗し、苦悩したことすべてを吐き出し、文字にして残す、すなわち文学作品にすることなんだ。テーマというか焦点を変えていくつの作品になるかわからない。何年かかるかわからない。生命《いのち》の灯が消える寸前まで続くのかもしれない。けれども、ひとりの人間がその〝生〟をおくるには実にさまざまのことがあるのを書き残したい。表に出せることも、出せないこと、出したくないこともいっぱいある。臆病心をかなぐり捨てていくつもりだ、と心境を吐露しておられました。わたしは花沢先生の人生三区分説、第三の時期はすべてを〝観照〟していこうとの態度、素晴らしいと思いました。並大抵の人間にできることではありません」

女将は中村が語った花沢校長の考えに胸を打たれた。じっと考えている。

「世のなかの定年に近くなった人すべてが花沢先生のような考えをもっておられるわけじゃないですよね。花沢先生をして、どうしてそこに到達したんでしょうね」

「特に〝校長〟という地位につかれてから、いろんなことをお考えになったのではないでしょうか。学校とは言うまでもなく、先生と生徒がいます。そのトップ、責任者としての校長には学校を取り巻く地域社会、面倒な教育委員会など、校長の肩には複雑に重層的に重くのしかかってきます。いつか言っておられました、ときには悩み、辞めたい気になったのは何回かある、とね。とくにやっかいなのが、教育委員会のわからず屋と保護者、特に母親の我が子本意の見方、対応、学校への不満。ひとたび何かが起こると、校長は対応の矢面に駆り出され、とりわけ不躾なマスコミには神経をすり減らします。今は定年の日を心待ちにしているのじゃないですか」

「その気持ち、わかります。女っていうのは、我が子のことにしか目がないこともありますからね。でも、裁判員になれば、もっと異質の悩みがあるのですね。ついていけるかしら、つい心は切れてしまいます」

「被告人という生身の人間の、ある意味〝人生を裁く〟ことになるんですよね。有罪になっただけで、それまでのすべての人生を否定することだってあるわけでしょ。最悪のときは〝法による殺人〟だったり。それを考えるだけで、怖い」

それからは日常の世間話に花が咲き、なじみ客が加わって一緒に楽しく杯を傾けた。中村寅太は久しぶりに楽しく酒を味わった。

2

中村への「呼び出し」は思っていたよりも早く来た。年が明けて一月初旬、裁判所から「裁判員等選任手続期日のお知らせ（呼出状）」なるものが、裁判所書記官の名で送られてきた。あまりにも早い通知に、自分はこんなにクジ運は良かったのかと自嘲的に思った。現実に「呼出状」を目の前にして、今まで考えてきた裁判員制度にこれからどうかかわっていくのか、真剣に考えざるを得なくなった。迷っている時間的余裕はない。

二月十七日、午前九時三十分に裁判所へ行くように指示されている。そしてもし選任された場合には公判日など予定されている日が五日間記載されている。まるまる一週間である。中村は困った。この期間というのは、学年末と大学入試の最盛期、受験生や各生徒への気配りも大切だ。校長や教頭はどんな顔をするだろう、きっと困ったと頭を抱えるに違いない。

小百合は夫が頭を抱えている様子を見かねた。

「ひとりで困った、困ったと思っていても仕方ないでしょ。校長や教頭さんに後の処理を押しつけたらいいんじゃない？　なんといっても国の押し進めていることなんだし。人間、生身ですから、いつなんどき病気やけがにならないともかぎらないし、突発的なことは誰も予想できないでしょ」

妻はいつも思い切ったことを言うな、と感心した。まさにそれしかない。自分ひとりで悩んでもどうにもならない。

翌日、出勤するや書類を教頭に見せた。見終わった顔には困惑の様子がひと目でわかる。

「この時期にね、裁判所はこちらの事情なんてお構いなしなんだから。この指示された日に中村先生に何が予定されているか、メモしてください」

中村は先まわりしてすでに書き出したものを見せた。

「わかりました。校長と相談しましょう。一緒に来てください」

校長室での三人の協議が始まった。校長は手際よく整理した。

「まず一、二年生より早い時期に設定されている三年生の学年末試験の監督につて、中村先生の担当になっている分はわたしと教頭とで分担しましょう。他の授業についてはやむなく〝自習〟として、時間内に二人して順次該当の教室を見てまわります。他の校務分掌は各担当の先生方に手分けしてもらいます。本当に選任されましたら、すぐに教頭先生に連絡してください」

各教員には授業や教科以外の、事務的な仕事もついてまわる。中村は各日の法廷が終わってから駆けつければ、何かができるかもしれないと思った。

「あの、法廷が終わって駆け付ければ、何かのことができるかもしれませんが」

校長は配慮の心を差し出した。

「中村先生、無理しないで、人生で初体験のことをなさるんです。おそらく精神的な疲れがあるでしょう。家へまっすぐ帰って休んでください」

ありがたい言葉をかけてくれた。中村はしかし、自分がいないと学校の運営に支障があるとの言葉がほしい、と心のなかでは思っている。誰でも、組織の中で自分が必要不可欠な存在であると思われていると錯覚しがちなものだ。

職員室の中でも中村教諭が裁判員となって法廷に出るらしいとの話は急速に広まった。実際に選任される確率は低いのだが。

「中村先生、新聞やテレビで裁判員のことは少しは知ってますが、身近な人がなるらしいということ、どう声をかければいいんでしょう。単にご苦労様では物足らないし、頑張ってくださいですますのも味気ないし、何と言っても法廷の一段高いところに位置を占めて臨まれるわけですから、それなりの責任がありますよね。わたしならできないな。ま、お疲れになりませんようにその間のことはわたしたちでカバーしますよ」

どうやら同僚たちの暖かい支えを得られたようだ。

中村は指定された二月十七日午前九時三十分に遅れないようにと、裁判所についたのは九時二十分だった。案内された「裁判員候補者待機室」にはすでに十数名が集まっている。携帯やスマートホンでメールをしている人、小声で打ち合わせをしている人、新聞や雑誌などを広げて読んでいる人、各人の時間の使いようはまちまちだ。この待機室には一種の緊張感がある。そこへ千代乃の女将・北条政子がきた。

「あら、先生も今日、呼ばれたんですか。もしかして良くない〝クジ〟があたってご一緒することになるのかしら」

「運命はどうなりますかね。そうだ、ここでは知り合いではないことにしましょう。クジではずれればいいのですが、最後までいきますと、知らない者同士の方がいいでしょう」

女将も同意見だった。

「その方がいいですね。知り合いだと何かあるかもしれませんから」

定刻の十時。待機室には六、七十人がいるようだ。裁判所の書記官か職員かはわからないが、集合した者に説明があった。

今回扱う事件の概要として、大学教員による三人の殺人事件で、被告人の氏名、年齢などが知らされ、各人に「質問票（当日用）」が渡された。質問項目は三点。

① この事件に特別な関係があるか。
② 事件に関する情報を報道などによって既に得ているか。
③ 自分や近親者が同じような事件の被害にあったことがあるか。

というもので、事件に関連する不適格事由や不公平な裁判をするおそれがないかどうかを判断する材料であるようだ。最後には「署名」で締めくくられている。

次の関所は裁判長からの質問だ。これには裁判官三人のほか、検察官と弁護人、書記官が立ち会う。事前の質問票と当日に提出したものを見ながら裁判長からの質問であったが、特にプライバシーに踏み込んだものではない、最高裁判所の言うところによると、「質問は裁判員候補者の人柄や能力、法律の知識などを判断するために行うものではありません」としているが、やはり「人を見る」のが一つの目的ではないだろうか。例えば、見えるところに「イレズミ」をしたり、サングラスをかけたり、ひと目見てこれは……、とわかる人であれば、それは理由を告げずに候補者から除外することは考えられるだろう。法廷の一段高いところにいる人がイレズミをしていたのでは新聞などが書きたて、話題になるだろうから。一人ひとりに費やす質問時間は短い。なにしろ六、七十人ほどを二時間足らずで面接しようとするものだから、まるで流れ作業のようである。

しかし、候補者にしてみれば、裁判官、検察官、弁護人や書記官が並ぶ前で受ける面接試験そのもののようで、緊張するのは否めない。候補者全員の質問手続きが終了するまで待機室で待たされた。何もすることのない時間。しかし、別室では何かが進められている。スマートホンや携帯電話をいじる人、トイレに何度か行ったり、外を眺めたり、落ち着かない。心のなかはうまく説明できない。

正午前に舞台は急速に動いた。裁判所職員が入室し、裁判員に選任された六人と補充員三人の番号をホワイトボードに書いた。外れた大部分の人たちはほっとした気分で出ていった。中村と北条政子は少数者、裁判員になってしまった。あぁ、なんということだ。人の運命はどうして急に転回するのだろう。午後からの不安感でいっぱいになった。あわてて教頭に電話した。彼はいっしゅん言葉を失ったようだ。しばらくして、

「がんばってください」

隣を見ると、北条政子がぽつねんと立っている。

「同じ運命なんですね」

中村と北条政子は声を掛け合った。

「何の因果でこうなったんでしょうね。でも、なったいじょうは最後までやらなくっちゃ、の気持ちですよ」

九人は裁判所地下の食堂へ案内され、五八〇円のランチと一八〇円でコーヒーをすませた。これ、両方とも自腹。何人かは「これくらい出してくれてもいいのにな」、正直な声が漏れている。裁判員には午後一時に集合がかかっている。男女比は三対三、年代的には六十くらいから二十歳代の若い女性まで含まれている。緊張した面持ちで部屋へ向かった。

定刻には裁判官三名が入室し、裁判長が会を主宰した。

「わたしはこの事案を審理するに当たり、裁判長の奥村昌道と申します。裁判官の正木弥生、も

うひとりは小林章夫であります。よろしくお願いします」

奥村判事は大学を出て二年目に司法試験に合格し、二年間の司法修習を終えた。成績優秀であったため、裁判所当局から判事になるよう誘いの言葉があった。優秀な人材をまずはじめに裁判所が目をつけるのが不文律のようであった。次の者は検察官への誘い……。当然ながら、修習生のなかには、自分は弁護士になって弱い立場の人びとの味方になるのだ、と最初から決めている人もいるのだが。奥村が修習生であった頃は、判事を希望するものはおおむねこの期間に結婚するか、婚約することが不文律となっていた。奥村の場合も最初の任地へ行くまでに所帯をもった。さらに妻は仕事をしないこととなっていた。「裁判官の妻」ということで、何か目には見えないものがあるのだろう。そのため奥村の婚約者も小学校の教員を辞めることを選択しなければならなかった。仕事をしようにも二、三年ごとの転勤を繰り返していたのでは無理なことであり、奥村は転勤は家族を伴って行うものと決めている。そのため小学校の子どもたちは、六年の間に二、三回ずつの転校であった。そのたびに新しい友達、新しい土地になれるのに苦労した。子どもには父の職業を友だちなどにも裁判官とは言わせなかった。学校などへの親の職業欄には「会社員」と書かせるようにした。住所からその嘘はすぐにばれるのがわかっているのだが。全国どこへ転勤になっても、「裁判官宿舎」があてがわれ、そこに住むこととなっている。

交友関係は限られてくる。修習生たちは司法研修所へ入るまでにほとんどの者には社会経験はない。大学在学中、あるいは卒業してからも試験に受かるまでは、頭の中にあることと言えば、司法試験のことだけであり、どこかで働いてお金を得るなどということはほとんどしていない。人の下で働いて給料や賃金を受け取ることはなかった。奥村判事の場合、例外的なことがあった。試験合格から修習所へ入るまでの間、ある大学の法学部図書室でアルバイトをしたことがあった。数か月ほどだっただろうか、大学を卒業し、ここでの経験は毎日が楽しいものであった。昼休みには図書室の職員に研修会と称して、法学・法律学の話をし、休日には山登りなどもした。仲の良かった男性とはずっと関係が続いている。互いに転勤の挨拶状や年賀状の交換などをしたりした。何十年か後に振り返った。裁判所以外で唯一給料らしきお金をもらった法学部図書室での経験は楽しいものであった。しかし、奥村のような経験は稀であった。判事の仲間たちは、長い間に培った裁判所生活にどっぷりとつかっている。

判事補時代を十年経て判事に任官される。今まで、簡易裁判所、地方裁判所の支部勤務（中小都市に置かれている）地裁本庁などを転々としてきた。すっかり〝裁判所の人間〟になった。この間、昨日も今日も〝証拠と法律〟の世界に生きてきた。五十代を迎え、同期の裁判官のなかには、高等裁判所の判事に任官される者もでてきた。最高裁の勤務評定をくぐり抜け、奥村も晴れて「高裁判事」になることを夢見ている。そのためには裁判員裁判もつつがなく処理していかねばならない。最高裁の方針に外れるのは、得策ではない。今回の事案についてもかなり気を遣っている。決められたスケジュールのもと、淡々と進めていくことに徹しようとしている。

奥村裁判長はこれからの流れについて説明した。

「さて、本日の午後、これから始まります公判ですが、事件の概要は朝お聞きになったと思いますが、すでに忘れておられるのが大多数ではないと拝察します。なにしろ朝の時点では皆さんの意識として、最終的に選任されることはないだろうと安易に考えておられたというのが、正直なところでしょう。しかし、こうなったいじょうは、しっかりと臨んでいただきたいと思います。

被告人が入廷したときは、手錠と腰縄姿で入ってきます。すぐにそれらは外されますが、これは被告人が殺人容疑で拘留中、身柄拘束のためだからです。外されてからも両脇に廷吏がおります。被告人によっては暴れたりします。そうなればすぐに廷吏によって取り押さえられます。また、法廷内の秩序維持はわたくし、裁判長がその責任を負っております。

まず最初に冒頭手続きとして『人定質問』をします。それは裁判長から被告人に対し、氏名、住所・本籍地等を質問して、出廷している被告人が間違いないことを確認するためです。次に検察官から起訴状が読み上げられます。ここで述べられている『公訴事実』に対して被告人と弁護人がそれぞれ意見を述べます。被告人が認めるかどうかが一つのポイントです。以下、証拠調べ、弁論、評議、判決、と大きな流れになるわけですが、裁判員の皆さまには起訴状に書かれている犯罪を被告人が行ったのか、していないのか、つまり、有罪か無罪かを判断していただきます。この判断のためには、検察官と弁護人から出される証拠を見聞きし、厳格に判断していただきます。少しでも疑問があるようでしたらお聞きください。あくまでも法廷に出された証拠だけで判断していただくのです。新聞やテレビなどで報道されたものは斟酌しないでください。もし見聞きされていても忘れてください。被告人を有罪とする証拠は検察官が〝証拠によって証明〟すべきこととされております。少しでも疑問があるときは〝無罪〟と判断しなければなりません。よく言われるように、〝疑わしきは罰せず〟ということです。

各ポイントで休憩をとり、先ほどの〇〇〇〇はこういうことだと説明し、質問を受けたりもします。

あ、それから皆さんには〝守秘義務〟があります。守秘義務の対象となる内容・事柄は、評議の中身、評議以外でも職務上知った内容が秘密となります。いっぽう、公開の法廷で見聞きしたことは、対象になりません。法廷で語られたことは、一般傍聴の方も聞いているのですから、秘密にできるわけがないですからね。

これからは皆さま方を番号でお呼びしたいと思います。『裁判員一番の方』というように。法廷での席、評議を行うこの室でも席を指定させていただきます。

一番（北条政子）
二番（小泉淳之介）
三番（舘山えりか）
四番（中村寅太）
五番（田川英里子）

六番（細川守弘）

「特に法廷でお名前をお呼びする必要があった時、お名前を言いますと、被告人や傍聴者にも知られてしまいます。皆様方のプライバシーを守る意味でこのようにさせてください。それから、公判前整理手続で、検察官・弁護人双方の主張、提出される証拠、証言にはいつ、誰を呼ぶかなどは裁判官を含めた三者で合意になっております。いわば論点整理です。それに従って進めていきます。これは裁判員制度導入によって採り入れられた手法で、裁判員の皆さまの負担を軽減し、短期間で進行させていくためです」

裁判員たちは緊張した面持ちで聞き入っている。中村はいっしゅん〝手抜き〟にならないのか、と感じたが、突っ込むことはしなかった。なんといっても舞台はここまで進んでいるのだから。裁判長が言明されたように、これから審理をどのように進行していくか、細かなスケジュールが決められ、法廷ではそれにしたがって進められていくのであった。十五分、二十分ずつの時間配分が決められている。提出される証拠、証人等についてもここで整理されたもの以外は採用されないばかりか、証人の証言内容まで事前に出し合うようだということをいつか聞いたことがある。これから脚本通りに審理は淡々と進められる。何も知らない裁判員たちは、あらかじめ敷かれたレールの上を進むのだ、ということも。

二時の開廷時間まで残り少なくなってきた。

裁判所職員の指示により、「宣誓式」となった。

宣　誓

法令に従い、公平誠実に
職務を行うことを誓います

裁判員

はじめて会った六人が練習もなしに揃って発声するのは、無理なことであった。それでも終わりにはなんとか揃えることができた。

最初の緊張した儀式は終わった。いよいよ法廷に登壇する。

裁判官と裁判員は順番どおり法廷に入り、あらかじめ指定された場所へ行き、傍聴者も含め、全員起立して「礼」、着席、直ちに裁判長から開廷を告げられた。

「ただいまから開廷いたします」

傍聴席はほぼ満席になっている。どういう関係の人が多いのかわからない。裁判員たちは傍聴人の目が一斉に自分たちに注がれていることを直感した。注目されている。責任の重さをいっそう認識した。緊張で胸は鼓動を打っている。まるで傍聴席まで響いているようだ。

はじめに裁判長から、この法廷では二つの事件を併合して審理する旨が伝えられた。

「被告人は証言席の前まで来てください」

おずおずと進み、証言席の前で止まった。裁判員や多くの傍聴人は、この人が殺人容疑で起訴されているのかと目を疑った。いかにもインテリ風で大学の教員と誰に言っても疑う人はいないだろう。しかし、裁判にあたり、予断や偏見は慎まねばならない。

「あなたのお名前、職業、住所、本籍地を言ってください」

「保志一馬、元大学教員、住所は○○市……、本籍地も同じです」

「それでは先ほどの席に戻って座ってください」

保志一馬はうつむき加減で元気もなさそうだ。一、二度傍聴席に目をやったが、ふたたび下を向いている。かつては〝大学の先生〟として忙しく動きまわっていたのが、まるで嘘のようだ。自身に向けられていた〝先生〟との呼びかけは半年以上にわたる留置所と拘置所の生活で記憶からすっかり消えてしまった。

逮捕されてから、警察と検察の取り調べが連日行われ、日にちが経てばやがて釈放されるだろうと高をくくっていたが、逮捕から拘留期間の切れる寸前に起訴され、〝被告〟との肩書とともに、拘置所生活を送っている。逮捕されるや、写真（正面・横）撮影、指紋の採取、ＤＮＡ型の検査があった。これらは屈辱的な経験の第一歩でもあった。大学教員としての自尊心はかなぐり捨てさせられた。拘置所とはそのようなところなのだ、と実感させられた。一日中監視下の生活、外界と閉ざされ、研究者としての人生とは隔絶されたものとなった。人生はどこで狂ったのか、自問自答しても答えはみつからない。この裁判でたとえ〝無罪〟となったとしても、もはや大学へ戻ることはできない。行く先には〝光〟はみえない。証拠隠滅の恐れがあるのか、逃亡の恐れがあるのか、保釈もなく、外界の空気を吸うことはできない。妻や子どもはどうしているのか、もしかしたら実家へ帰り、ひっそりと過ごしているのだろうか。生活費は実家に頼っているのだろう。いずれにしても自分の運命はこれで一生浮かばれないものになったかと思うと、あまりにも無念であり、無残で、残酷な余生でもある。

なんとかこの最大の窮地から抜け出せる方策はないのか、弁護士の言うには、判決の結果は予断の許さないものになるだろうとのこと。裁判員裁判になれば、裁判員たちがどう受け止めるのかによって結果はわからない。もしかしたら最悪のものになるかもしれない、との示唆。保志には〝最悪〟との言葉が重くのしかかった。三人の殺害で死刑？　有罪と判断されれば結論は検察官の言うとおりになるのだろうか。妻や子には周囲から〝殺人犯の子〟といわれ一生重荷を背負って生きていく、そんな悲しいことってない。生きながらにして奈落の底を見るようだ。妻は子どもに対して父親のことを忘れさせようとして必死の思いでいるだろう。でも、幼き娘は逮捕の日のことをしっかりとみている。父親が両脇をつかまれ、朝早く警察に連れられて行った場面を。もう二度と一緒に遊ぶこともできない。一家の主人として、完全な敗者となった。結果はいずれになろうとも、〝逮捕〟という事実で社会からのけ者にされてしまった。なんとかする手立てはないのか……。くる日もくる日も考えた。警察や検察の言われるままにコトは進んできた。彼らの筋書きに従った物語となって公判になろうとしている。

ある晩、暗闇の中から声がした。

はじめその声は保志の非行を暴きたて、苦しみ悶えさすものであった。何日間か続いた。体はげっそりと細くなり、食事ものどを通らなかった。それから、一、二週間ほど時は経過して、暗闇のより深いところから太い声が響いた。お前はもうすっかり苦しんだ。これからは別のことを考えるがいい……。お前は否定するのだ、起訴状に書かれるであろうすべてのことを否定するのだ。検察は、はじめびっくりするだろう。そう、度重なる捜査、取り調べでたどり着いた結果を。しかも被告人、君もそれを認めている。それを法廷でひっくり返すことになれば驚愕するだろう。でも、検察はその道のベテランだ。被告人の否認にはたじろがず、組織で向かってくる。被告人質問でぎゅうぎゅう攻めてくるのは間違いない。話の前後での矛盾をついてきたり、さまざまな証拠を出してくるだろう。君が嘘を言ってもすぐに化けの皮を剥がそうとしてくる。追及にどこまで耐えられるか、いいかね、取り調べの最中でも先生、先生と何度も言われたんじゃないかね。インテリというものは、〝先生〟という言葉に弱いんだ。長期間閉じ込められ、じわりじわりと攻められると案外ともろいものだよ。しかもその間、誰も相談できる人はいない、味方になってくれる人ももちろんいない、孤独の戦いだった。素人が立ち迎えられるものではなかった。精神的にもすっかり疲れ、言われるままに供述調書に署名、押捺（指紋）してしまった。これは法廷に証拠として提出されるに間違いない。窮地に陥ることだろう。

夜中、目が覚めた。かつて読んだダンテ『神曲』の一節を思い出した。

気がつけば人生は半ば
見わたせば暗き森深く
道らしき道のひとつすら無く

今の状態をこんなにも的確に言いあらわしている言葉はないのに驚いた。

公判の五日前、弁護人が接見に来た。弁護人も被告人がすべてを実行したものと信じている。そのうえで少しでも刑が軽くなるようにと作戦を立てている。そこへ反対のことを言ってきた。弁護人に泣きついた。「先生、私はしていないんです。文学部長ご夫妻は殺したりしてません。今まで警察や検察の言うとおりに答えてきましたが、みんな彼らのつくったシナリオです。先生、助けてください。わたしはしていない。どうか、助けてください」

ここまでいうと、涙をポロポロポロポロ流しだした。弁護人はふと思いだした。この公判に際し、「公判前整理手続」はすでに済んでいることを。そのときまで、被告人はあくまでも〝実行者〟

ととらえて、証拠、証人などについて、何をどのように、いつ出すかなど具体的な詰めまでも行ってきた。この制度は、裁判員制度を見据えてつくられたもので、裁判員の時間的制約などを短くし、計画的で迅速な審理を行うためのものである。五日後に迫った公判、弁護人は困惑した。よし、このまま裁判官・検察官には黙っておこう、私は前日に知り、どうしようもないとこの場に臨む腹をくくった。

被告人・保志一馬はあらたな〝決心〟をして、かえって気分は晴れやかになった。この二日間に考えたことは、どうにかして無罪に持ち込み、釈放されることであった。なんとしてでも生きたい、そのことだけを意識するようになった。しかし、ときには本当にやり直すことができるのだろうか、この罪深き自分でも……。

裁判長は淡々と進めている。次の段階へ進むことを促した。

「検察官から起訴状の朗読をお願いします」

裁判員たちは、ひと言も聞き逃すまいと検察官を見据え、彼の言動に注視している。そのなかでも中心をなす「公訴事実」はこのようなものであった。

「被告人は二件の事件を起こしております。ひとつは平成二十三年九月二十日、M大学の大学院生（女性）に睡眠作用を起こさせ、電車にひかれて即死させた事件。もうひとつは平成二十三年十月十日、H大学文学部長夫妻を殺害したものであります。ともに周到な計画のもとに実行されたものです。

罪名及び罪条　殺人、刑法第百九十九条」

　大学の教員であった被告人は二件の犯罪を行い、三人の男女が亡くなったことで起訴された事件というのである。その詳細はこれから明らかにされるが、裁判員の舘山えりかは大学の先生が起こした殺人事件であるがゆえに、大きく目を見開いている。現在、大学院に通っており、心理学の勉学にいそしんでいる。昨年十一月に裁判所から書類が届いた時、裁判員になることを辞退できる場合の「5．一年間を通じ、学校の学生または生徒である」との項目により、辞退することはできた。でも辞退しなかった。二、三日後に彼氏にこの書類を見せた。彼は司法試験を受けるため、法科大学院で猛勉強している最中。だから当然、大いなる興味・関心があった。じっと見て発した言葉は「俺がなりたいよ、代われるものなら代わってくれよ。でもよくきたな。もしなったら、どんなものか詳しく教えてくれよ」

「守秘義務ってやっかいなものがあるからね。具体的にどこで線が引かれるのか知らないけれど、もしなっても絶えずこの〝シュヒギム〟という言葉に縛られるのね。これ以上話したら咎められるのかしら、と」

「どこの世界にもそれはあるけれど、ま、言える範囲で、聞いても俺限りで誰も話すものはいないし。何度かのクジや裁判官などの面接があるらしいけれど、運よく選任されるのを期待するよ」

　そんな会話があった。

自分と同じく女性の大学院生が教員によって死に至らされた事件、同じ境遇のものとして、強い関心をもって審理に参加しなければと思った。ふと、自分の身に置き換えて、自分の指導教員であるあの先生が、もし……、と思うと身震いしてきた。

検察官の起訴状朗読は短時間で済んだ。これを待っていたように裁判長は決まった台詞を述べた。被告人への〝黙秘権の告知〟である。

「これから、今朗読された事実についての審理を行いますが、審理に先立ち被告人に注意しておきます。被告人には黙秘権があります。従って、被告人は答えたくない質問に対しては答えを拒むことができるし、また、初めから終わりまで黙っていることもできます。もちろん、質問に答えたいときは答えても構いませんが、被告人がこの法廷で述べたことは、被告人に有利・不利を問わず証拠として用いられることがありますので、それを念頭に置いて答えてください」

被告人は神妙に聞いている。裁判員もはじめて聞く文言で、うわさには黙秘権のことは聞いていても、実際はこのように言われるんだと感じた。ひと呼吸おいて、裁判長は被告人に質問した。

「起訴状はすでに読んでいますね？」

「はい」

「検察官の朗読した起訴事実を認めますか？」

被告人は少し考える様子をして、やがて答えた。

「起訴状に書かれていることを〝否認〟します。やってません」

検察官の表情はいっしゅんこわばった。顔を被告人と弁護人の方へ向けた。初めの段階から最近まで認めていたじゃないか、どうして、今になって……。裁判官も同じだった。起訴事実を認めるということで、公判前整理手続を進めてきた。弁護人も同席して。これからも予期せぬことが起こること、覚悟が必要だ。なんといっても、裁判員裁判では日程が限られている。裁判員の負担を少なくするため、事前に争点を明らかにし、証拠や証人もいつ、どのように出すか、打ち合わせている。被告人が否定しようと、既定のスケジュールで進行せざるを得ない。

裁判長はすかさず休憩を宣言した。

「ここで二十分間の休憩に入ります」

評議室へ戻った。先に指定されたとおりの席に着席し、緊張した面持ちである。

裁判長が口火を切った。

「被告人は起訴事実を〝認める〟とのことだったんです。弁護人と検察官との三者で事前整理をしたとき、そう、最終は二週間前だったのです。弁護人から、被告人は認めている、と。そのうえでわたしはできるだけ刑が軽くなるよう頑張ります、という意味のことを言ってました。弁護人としては刑を軽くするよう努力することは至極当然なことですから、何とも思ってなかったのです」

裁判長は何故か言い訳のようにつぶやいた。

「先ほどの検察官と被告人の言動で何か思われることありますか?」

全員、黙っている。誰かから口火を切るのを待っているようだ。この場の雰囲気にまだ慣れていないこともある。裁判長は指名した。

「一番の方、何かありましたら」

一番は北条政子だった。北条は小料理店というか、飲み屋の女将である。いつか、客として二人の男性が来た。ひとりは高校の校長、もうひとりは同じ学校の教員だった。他に客がいなかったこともあり、三人で話ははずみ、話題はいつの間にか裁判員制度のことに向いていた。その時は難しいことを言っているなと思い、しかし、自分には関係ないことのように話していた。それが、裁判所から名簿に記載したとの連絡を受け取った時はびっくりした。偶然にも客として来ていた中村先生も同じことと知り、同じ穴に入ったような気分になった。

北条は自己のことを自覚している。名前が示すように気が強いことを。これが他の人に影響を与えなければよいのに、とひたすら願っている。気持ちを率直に述べた。

「裁判長さんにとっては、さきほど被告人が〝否認〟と述べたことが想定外だったかもしれませんが、私たち裁判員にとっては、はじめて聞くことです。被告人が発してそれをわたしたちが聴いた言葉が〝否認します〟だったのです。それ以外の何ものでもありません。わたしたちは、いえ、わたしはニュートラルの気持ちでこれからの審理に臨んでいきたいと思います」

他の裁判員たちも遠慮がちにうなずいている。裁判官たちは一様にしっかり言うな、との印象をもった。

「では二番の方」

六十代とおぼしき小泉淳之介はこの中では最年長だろうか。今は中小企業の経営者となっているが、ここへ来るまでには実にいろいろの経験をしている。起業した会社の二度にわたる倒産は自己にも他人にも厳しくなり、妻からは絶えず注意されている。まだこの場には慣れていないが、意を決して発言した。

「今の一番の方が私たちの気持ちを代弁してくださいました。裁判官の方がたは黒い法服を着ておられますが。これは何色にも染まらないという意味だそうですね。私たちはむしろ、真っ白い服をまとっているようなもんです。何もない上にこれからいろんな色が塗られていく、そういうことではないでしょうか。これまで、人生のどん底を見てきた者からすれば、大学の先生なんて世の中を知らなすぎますよ。理不尽なこと、苦しいことなんか何も知らない。あ、こんなことを話すと時間がいくらあっても足らない。はい、次の方どうぞ」

三番は裁判長から指名される前に発言した。

「次は多分私だろうと思って。この中ではわたしは最年少でしょう。いま大学院の修士課程に学んでいます。心理学の勉強中です。心理学と言いますと、人の心、あるいは人間の行動などを追究する学問と想像されるかと思いますが、人の心、その奥底なんて簡単にわかることではないと思います。ただ、私が思いますに、大学の教員であった彼がもし犯人だとしたら、心のなかではすでに悔悛しているはずです。そして苦しんだでしょう。そのうえである日か、あるしゅんかん、何か心の大きな変容があり、自分は生きたい、生きのびたい、と思うようになったのじゃないでしょうか……、でも、ほんとうのところ、わたしにはわかりません」

若い女性、二十代前半ではあるが、しっかりと述べた。

裁判長は発言が相次いで出されてきたのにほっとする反面、時間のことが気になっている。壁に掛けられた大きな時計を絶えず見ながらの進行である。

「もうそろそろ時間になりますので、前回と同じ要領で入室します。トイレに行かれる方は済ませてください」

裁判官などが入廷し、法廷内の者はあらためて「礼」をして着席した。裁判員たちは、法廷とは、あるいは裁判とは、ある意味〝儀式〟ではないかとも感じた。もしかしたら、日本文化の「礼」とどこかでつながっているのだろうか。そんなことさえ思わせる。

裁判長のひと声で再開した。

「それでは検察官から冒頭陳述をお願いします」

彼はピシッとした風体で身のこなしもよく、ダンディだ。若いころはきっと多くの女性が寄ってきたろうと思われる。如才なく仕事をこなしているのだろう。

「はい、証拠によって証明しようとする事実について述べさせていただきます」

被告人の成育、生活状況などを述べた後、核心に入った。

「まずはじめに最初の事件に焦点を絞ります。被告人は自己の教授昇進という野心のため、有為な女子大学院生を犠牲にしました。美人で聡明な大学院生に目をつけ、研究指導という名目で機会あるごとに接触し、ついには二人で一泊旅行に行き、情を通じたのです。その結果、妊娠しました。その頃は被告人の教授選考の途中であり、院生との不適切な関係が発覚するのを恐れておりました。なんとかしなければならないと思い、二人で食事をする機会をセットすることになったのです。食事の後、女性がトイレに立った隙に持参していた睡眠導入剤をそっと飲み物に混入し、戻ってきた女性はグッと一飲みして良い気分になりました。ときをおかずに店から出、別れました。彼女がその後どうなるか、後をつけていると、本屋に少し寄った後、駅構内に入り、ふらついたその女性が線路上に落ちていくではありませんか、しっかり見届け、その場を後にしました。薬の効果は思っていたとおりに出たのです。落ちた彼女は列車に吸い込まれるようにして走ってきた列車に轢かれ、死に至らしめたものです。被告人と死亡した女性との出会いからここに至るまでをつづった手紙があります。友人がH大学文学部長に出した手紙です。これによって全貌は明らかになりました。被告人は身勝手で、自己の保身しか考えていないことがわかります。証拠として提出し、かつ、この手紙を書いた大学院生を証人として申請したいと思います。被告人の友人の薬剤師と睡眠導入剤の入手について交わしたとされるメールの交信記録も提出いたします。

もうひとつの事件についてです。H大学文学部長は、被告人の教授選考にあたり、その人事委員会の責任者として動いておりました。選考過程において、学部長が被告人に対して不利益な方向に持っていこうとしていることを嗅ぎ付けました。この学部長がいなければ、選考委員会で審査は通ると思っていたのです。そのために考えたのが、学部長を殺害することでした。

暗闇の中で学部長夫妻を窒息させたタオル、これには麻酔剤が塗布されておりました。髪の毛が付着しており、これは被告人のものであることが、DNA型の照合で判明しております。同一であるとの鑑定結果を提出します。何も関係のない二人を暗闇にじょうじて後ろから麻酔剤を染み込ませたタオルで口をふさぎ、窒息死させたものです。とどめに後ろから鋭利なナイフでおもい切り突き刺したのです。そして妻は帰宅が遅い主人を迎えるために外へ出て見ていたところへやはり同じようにして殺害されたものです。

三人に対する殺害、どちらも極めて計画的なものです。初めの方は女子学生をふらつかせる目的で薬を服用させ、事故に見せようとしました。もうひとつの事件では麻酔薬を染み込ませたタオルで窒息死させるということ、これも帰宅時間を狙った極めて計画性にとんだ事件です」

奥村裁判長は次の段階へ移ることを宣言した。

「それでは証拠調べに入りたいと思います。あらかじめ公判前整理手続で、検察官、弁護人との三者で採用すべき証拠、誰を証人として呼ぶかなどについて打ち合わせをしております。その第一の証拠について、被害大学院生の友人である、大学院生からH大学文学部長あての手紙を朗読してもらいます。これは文学部長の鞄の中にあったものです。少し長いですが、抜粋しますと全体がつかみにくいかと思いますので、全文をお読みください。裁判員の方は文章を前のモニターで見ていただいても結構です。それでは」

検察官は直立し、コップの水を一飲みし、息を整えて読んだ。声の抑揚はほとんどつけず、しかし、聞きやすい声で読み進めている。誰かが朗読指導をしたのではないかと思わせるくらいの適度な速度であり、聞いている者に説得力を持ってはいってくる。

廷内は異様に静まり返っている。長い、しかし、具体的に説明された手紙をどのように聞いているのだろう。傍聴席では涙をぬぐう音が聞こえる。

被告人はよもやこのような手紙が書かれ、H大学文学部長あてに出されているなどとは予想だにしていなかったに違いない。ずっと目を閉じて下を向き、まんじりともせず聴いている。彼の胸に、どのような心情が去来しているのだろうか。

傍聴席の前列にはこの手紙の書き手がいる。朗読を聴きながら涙の出るのを必死でこらえている姿が、手に取るようにわかる。この朗読が終われば引き続いて証言台の前に立ち、証言することが予定されている。どんな質問があるのだろう、不安で仕方ない。法廷の証言席に立つなんてこと、人生ではじめてである。どうしよう。今まで研究会などで発表したときとは雰囲気はまったく異なるものだ。〝宣誓〟というものもさせられるらしい。不安ばかりが先に立ち、朗読されている言葉はとぎれとぎれにしか聞こえてこない。胸の内で呼びかけている。中野清子さん、今日、貴女の恨みを晴らすわ！　あなたの元気だったころのやさしい姿を思い出しながら、証言台に立ちます。わたしに勇気を与えてください。

長い手紙の朗読は終わった。法廷内には言葉では言い表せないような空気が漂っている。

裁判長は被告人に、何か言うことはないかと尋ねた。

「事実と異なることが書いてあります。わたしは認めません」

否定をしようが、肯定をしようが、もはや被害者はこの世に存在しない。〝死人に口なし〟である。

「それでは証人の方はおられますか。よろしいでしょうか」

傍聴席から低い仕切り戸のようなものを押して入ってきた。

証人に対しても人定質問が発せられた。

「貴女のお名前をお聞かせください」

「喜多川英子です」

「生年月日、職業、住所などはここに書いてあるとおりですね」

「はい、そのとおりです」

名前以外の個人情報は聞かない。

法廷に入る前に提出された書類を見ながらの確認である。証言席の前に立って間もなく、不安感というか、精神的に不安定になってきた。それもそうだろう、平凡に暮らしている一般市民がある日、突然に法廷に立て、と言われることなど、想定もしていないことだから。ここに立っている間、誰も助けてくれない。不安感がいっぱいになってきた。亡き友人、中野清子がまるで亡霊のようにして後ろに立っている空気感をよみとった。傍聴人の息遣いはまるで〝殺気〟のようにさえ感じられた。英子さん、私の気持ちは分かってくださっているわね。よろしくね。そう嘆願しているようでもあった。少しの間、そう、二、三秒だろうか、沈黙があった。喜多川は感極まって涙声になり、やがて嗚咽を伴ってきた。かぼそく「清子さん！」、他の者には聞こえないくらいだった。興奮しているようだ。人生ではじめて経験する法廷での〝証人〟。検察官、弁護人、裁判官からの予想できないような、ときには意地悪な質問にどう答えればいいのか、後ろにいる多くの傍聴者にもマイクをとおしてその内容は伝わることとなる。公開の場で話すことの怖さが一度にこみあげてきた。泣き崩れるようになってきた。まるで重力のない空間に浮遊しているかの情感に満ち、意識がもうろうとしてきた。よろよろと座り込んでしまった。裁判長は証人の様子をつぶさに観察しているが、続けることは無理と判断した。

「約二十分の休憩に入ります」

書記官に向かって小さい声で指示した。

「どこかで休ませてあげてください」

裁判官と裁判員たちは評議室へ戻った。しだいに進んでいく裁判の状況と、特に今の若い女性の緊張し、興奮した姿には六人にはそれぞれに思うところはあるようだ。これからどんなことが待っているのだろう。

裁判長がやはり発言を促した。

「今の手紙は事件の入り口のようであり、ある意味、全体を表しているようにも見られますが、皆さんの感想はいかがでしょうか。今度は四番の方」

中村寅太はいうまでもなく高校教員、裁判がはじまって以来、ずっと緊張の連続である。裁判員制度を考える会のメンバーとして、あるいは事務局長的な役割を担ってきた経緯からして、今までに得た知識、考え方などを実際の場で本当にそうなのか、試す場でもある。いや、「試す場」と考えては良くない。議論は議論、実際の場での判断力が必要になってくる。

法曹三者の法廷での姿を見たことも印象に残る。検察官はとことん被告人を〝悪人〟と決めつけて議論を進めようとしている。〝被害者になり代わって〟との意識だろうか、被告人を断罪し、できるだけ重い罰にもっていこうとする。法廷での弁論は理路整然とし、非の打ち所のないように構成されており、裁判官や裁判員に訴えかける力は見事なものだ。法廷で支配するのは、なんといっても種々の〝証拠〟である。できるだけ有力なものを探し出し、法廷では裁判長に証拠として採用させる。そのためには何でもする。中村は検察官を支えている強力な国の組織というものを目の前で実感しながらいる。

それに対し弁護人は、ときとしてそれほど強く力を注いでいると思われないことがある。被告人に資力がなく、国選弁護人の場合がそうだ。「当番」によって指名され、決められた日時に臨み、それなりの仕事をして一件落着させる、というのもあると、前に聞いたことがある。朗読された手紙について意見を聞かれている、何か言わねばならない。

「この手紙、よく書けていて、説得力がありますね。法廷に出されるなんてことは想像すらなく、ただ、親友に起こった不幸で理不尽な出来事を学部長に訴えたくて書いたものですね。友人を想う心がにじみ出ていると思います。これを書いた人がさきほど証言台に立ちかけたのですが、次の場面で、検察官、弁護人はどんな質問をされるのか、関心があると同時にあまり突っ込んで尋問すると、若い女性を困らせることにならないかと心配です。裁判長さんはそこのところ、ご配慮願えればと思います」

裁判長はこういうことに慣れているのか、それほど気にしていないことが伺える。

「五番の方、如何でしょうか」

田川英里子は四十歳。有権者の中から抽選で選任されているから、当然ながら、ある集団には社会の縮図のようなものがみいだされる。夫は一年前から東南アジアのタイへ単身赴任でいっており、年に二度ほどしか帰ってこない。あと一年ほどの任期だ。だから今は親子二人の生活。ここへきている間、近くに住む母親が小学生の息子の世話をしている。子どもの成長は早い。夫は帰るたびに子供が大きくなっている姿にびっくりしている。柱に直立させて身長と日付を記している。久しぶりに過ごす父子の生活を楽しみにしている。息子は数字に異様なまでに興味・関心を抱いている。まだ二、三歳だったころ、絵本を見て気になるのは、頁数の小さい数字であった。父は文字よりも数字に目がいき、「に（二）」、「しゃん（三）」と叫ぶようにして見つけている。父は当初、何を言っているのかわからなかった。それが頁数の小さな数字を言っているのだと気がついた時、驚きであった。どうして数字がそんなに気になるの？　それはとどまるところを知らず、幼稚園に通っている頃からそろばん教室へ通い、上手にパチパチと小さな指を動かし、即座に答えを出している姿を見て、上級生たちは目をぱちくりしている。そして検定試験も受けるという、親は興味をもっている方面を伸ばしてやろうと思っている。

ときたま時計をチラッと見て、あ、今頃は学校から帰っている頃だ、おばあちゃんと仲よく遊んでいるかしらと思ったりもする。抽選で駆り出された市民、日常生活から離れてこの時間は、裁判の方に集中しなければならないのはわかっているが、それでもこれは母親の習性である。いたしかたない。心は揺れている。

指名された。何かを言わねばならない。

「今のお手紙、女の気持ちとしてよくわかりました。心情が溢れています。全体はこういうことなんだとわかりました。けれどもこれだけでは証拠にならないんですよね。いろんな証拠が……。これから出されるものをじっくりと見、考えていきたいです。すみません、子どものことが気になって、よくないこととは知りながら……」

一番はすかさず応援した。

「あなたのお気持ち、わかります。職業裁判官ではない、抽選で駆り出された一般市民ですからね。家庭のことや仕事のこと、気になるのは当然ですよ。私も本当のところ、仕事のことが気になっているのですよ。きっと、五番の方、親子二人、仲がいいんでしょうね」

そのひと言は、五番の気持ちをほっとさせるものがあった。

裁判長はじっと腕組をして聞いている。

結局、一日目の公判は終了し、翌日の十時から再開されることが伝えられた。

次の日も九時半の集合時間に遅れまいと、裁判員たちは評議室へ集まってくる。朝の挨拶を交わしている。初日の緊張感は二日目になると少しは和らいできたのかもしれない。部屋の片隅では携帯電話で仕事の打ち合わせらしき話をしている。新聞を広げて読んでいる人など評議の前のひとこまがある。二、三人の裁判員は昨夜は緊張感でなかなか寝付けなかったと嘆いている。眠い目を無理に覚醒させようとしている感がある。

十時に審理は開かれた。昨日の証人尋問ができなかったことの再開である。

奥村裁判長から喜多川英子に対して改めて証人として促した。

「それでは本日の審理を行います。昨日、証人の都合で取りやめになった尋問から始めたいと思います。喜多川証人、前へお願いします」

喜多川英子は黒っぽい服を着ている。壇上からみても昨日より落ち着いているのがわかる。手にはハンカチをもっているのみ。

「調子はいかがですか。落ち着きましたか？」

「はい、昨日はすみませんでした。取り乱してしまって。こういう法廷で証言するということが人生ではじめてのことですから。立ってほんのしばらくして、うしろから亡くなった中野清子さんがささやいているような気がして、彼女と親しくしていたころのことを思いだしまして、つい心が乱れてしまいました。今日は大丈夫です」

「検察官や弁護人から質問された時でも、左や右ではなく、マイクのある正面をむかって答えてください。お願いします」

「わかりました」

「それでは検察官、質問をしてください」

検察官は落ち着いた表情で立ち上がった。どんな状況になっても動揺したりはしないのだろう、証人に対しやさしい口調で始めた。

「証人は亡くなった中野清子さんとはいつ頃からの知り合いですか」

「はい、修士課程の二年目から友だちになり一緒にカフェに行って長時間おしゃべりをしたり、互いに相談事などもしておりました」

「被告人、保志一馬のことはいつ頃知りましたか」

「もともと指導教授だった先生が海外留学されて、その間、中野さんには保志先生が紹介されたのですが、それからほどなくしてだったと思います」

「亡くなった中野さんは、被告人のことを何か言ってましたか」

「とても的確に、ときには厳しく助言してくださると、ハッとすることもあり、研究面で頼りになる先生だと」

「外で会うようになったのは、いつ頃からだと思いますか」

「さあ、いつ頃というのは、はっきりしません」

「はっきりした日付まではわからなくても、食事に誘われるようになったのはいつ頃でしょうか」

「多分ですが、事件のあった二、三か月くらい前だと思います」

「食事に誘われてその日に行ったのでしょうか」

「そうかもしれません。なにぶんにも保志先生は週に一度、非常勤講師として来られているわけですから、そう機会があるわけではありませんから」

「中野さんの、被告人に対する信頼度はどの程度だったのでしょうか」

「それはかなりあったものと思います。なにしろ、良い論文を仕上げてどこかの大学に就職したいとの希望をもっていたからです。保志先生は中野さんの参考になるような論文をいくつか発表しておられ、彼女の論文には〝引用〟もしたりしていました。研究面では慕っていたと思います」

「証人の研究分野との関係ではどうでしたか」

「少し、あるいは半分くらいは重なっていましたが、半分くらいと言った方がいいのでしょうか。ですからわたしは別の先生についておりました」

「今回の事件、貴女はどう思いますか？　たとえば、止むを得なかったと思うか、中野さんを死に追いやった被告人が憎い、許せないとか、あるいは別の感情なり……」

「中野さんは私にとっては無二の親友でした。悩みを打ち明けたり、笑いあったりしたものです。これからもずっと〝良き友〟であったろうと思います。それが一人の男性の野心ともいえる行為で帰らぬ人にされ、無念でなりません。その思いが、昨日のあの取り乱した姿になったのです」

「あの手紙を書かれた動機について説明してください」

「もともとは親友の死を無駄にしないように、保志先生の本務校できっちり調べてほしいとの願いだったのです。それが他の事件とも併せて公開の法廷に〝証拠〟として提出されるようになったのです。わたしとしてはまったく予想外のことです。手紙にはわたしの名前がフルネームで出ております。どうか、削除してくださるようにお願いします。何かあれば困ります」

「わかりました。何とか検討しましょう。これで終わります」

続いて裁判長は弁護人を指名した。

「弁護人、質問がありましたらお願いします」

弁護人はメモを取り上げながら立ち上がった。

「証人は亡くなった中野さんが、被告人と親しく付き合っているのを知ってどう思いましたか」

「親しく付き合っていたというより、仕方なく、といったほうがふさわしいのではないかと思います。世間一般でいうような〝交際〟とかでなく、なんといっても親子ほどの年齢差があることですから」

「中野さんに別れるように意見するとかはできなかったのですか」

「わたしにも忙しい時もあり、怪我をした母の世話にあけ暮れていたのです。久しぶりに会って、互いの元気を確かめ合っただけということもありました。ある面では、私が二人のことを知った時にはすでに遅かったかと思います」

「中野さんと被告人とが旅行に行ったということを聞いて、どう思いましたか」

「中野さんは進んでいったのではないと思います。きっと精神的な何かがあってやむなくついていったのだろうと思います。そして同じ部屋に泊まれば男女のこと、なるようになったのは充分に推測できます」

「中野さんには妊娠らしき兆候が表れ、堕した、それを聞いた時、どう思いました」

「男性の無謀と彼女の油断と、堕したことに対する罪の意識にどう声をかければいいのか、悩みました。なにしろ、不適切な関係というか、正式な結婚によらずに芽生えた生命ですから」

「そして、駅構内での事件、いつ頃知りましたか」

「家でテレビを見て知りました。まさか、彼女が、と突然の訃報にただただびっくりして、言葉は出なかったです。しばらく時を経て彼女のお母さんに電話して確認し、慰めの言葉をかけるしかありませんでした。お母さんは相当取り乱しておられました。ここに至る事情を、全部ではなくても若干なりとも知っている者として、残念でなりません。犯人が憎いです」

証人の証言が終わるのを待って、弁護人は発言を求めた。

「裁判長、ここで弁護人の意見を述べます。中野清子が駅構内でふらふらとして線路へ落ちたということ、その結果、亡くなられたことはお気の毒です。しかし、被告人が睡眠導入剤をもっていたという証拠がないこと、入手経路なり、一切の説明がありません。憶測に基づく推理で犯人を特定しております。明白な証拠がない限り、被告人の犯行ときめつけることはできません。手紙に書かれている『保志先生の罪を暴き……』という文面には同意できません。以上です」

裁判員たちは両者の言い分を聞いて判断がつきかねている。裁判長は裁判員及び両脇の裁判官に質問の有無を尋ねた。

「何か質問はありますか」

裁判員は誰も手を上げない。まだ慣れていないこともあるのだろう、黙って前方を向き、くちぐちに小声で答えた。

「いえ、ありません」

二人の裁判官からも質問のないことを確かめて、裁判長は休憩を伝えた。

「それでは二十分間の休憩に入ります」

裁判官と裁判員は評議室へ戻った。奥村裁判長は裁判員たちの様子を観察している。まだ証拠調べは始まったばかり、「手紙」についてどう感じているのだろう。

「さきほどのポイントは、最後に弁護人が言った睡眠導入剤の入手経路がはっきりしていないこと、被告人と睡眠導入剤とを結びつけるものが解明されていないことかと思われますが、まだ発言されていない六番の方、如何でしょうか」

六番の細川守弘は四十代半ばだろうか、職業はタクシー運転手。以前に乗せた客が裁判員になったとの話をしていたのを思いだした。つい耳にしながら、世の中にはそんなこともあるのだ、と後部で交わされている話を聞くともなしに聞いていた。まさか自分にふりかかってくるとは予想すらしていなかった。それが昨年十一月に裁判所から名簿に記載したことを知らせる封書が来た時にはびっくりした。あのときの乗客と同じ思いをするのかと。話の内容はほとんど忘れていたが、ただ、裁判期間中、緊張のしっぱなしで気の休むことはなかったこと、夜もなかなか寝付かれず、つい酒の方に手が伸びていったことなどが思い浮かんだ。そして今、細川も精神が張り詰めて寝付けない。寝ようとしても法廷の場面が出てくる。被告人の姿が目に浮かぶ。酒を飲んで寝ようかとも思った。しかし、いかん、明日も法廷だ、あの壇上で少しでも酒臭い息はできない、手は引っ込められた。それからは羊の数を数えるようにして、やがて眠りについた。タクシー運転手というのは、毎日、毎回、さまざまな職業や年代など千差万別な客を乗せている。

「登載通知」をみて、半ば「義務」と聞かされている裁判員、最終的に選任されたときにどう向きあえばいいのか、わからない。タクシー運転手として走っていても、乗客のまばらな時には、今日の水揚げで家族の食い扶持は出るのか、と胸の内で算段することもある。裁判期間中の裁判所から支払われる「日当」と客から受け取る料金とをつい天秤にかけたりしている。日々の生活のことが気になるのだ。まさに〝生活者〟のいつわらざる一面である。

心の底では別の想いを抱きはじめた。

この裁判に登場してくる人物はみな「大学卒」ではないか、しかも大学院生であったりする。それにひきかえ自分は「高校卒」である。高校三年生のとき自分も大学へ進学したいと親に相談した。返ってきた言葉は、「うちの経済状態では……」と反対されたことがあった。二度目はもう言い出す勇気はなかった。そして鈑金工場への就職。数年してその工場の倒産を経験し、何回かの転職を経てようやくタクシー運転手に落ち着いた。

目を閉じて過去の自分を思い返している。世の中のいろいろな波にもまれてきたことを。大学では経験できないことであった。若いころに果たせなかった夢を一時的にも実現している幸せ者がいる。大学卒や大学院生として。

あるとき、不埒な、いや、人を裁くものにあってはならない人倫に背くような意識がふと芽生えた。そのしゅんかん、〝いや、いかん。お前には重大な使命が背負わされているのだ〟と背後から気配を感じた。

六番にとって、ほんのいっしゅんの〝幕間〟であった。

さきほどの証言に対する意見を求められている。

「検察官と弁護人の話を聞いて、こうだ、というのは難しいですね。昨日もどなたかがいっておられたかと思いますが、あの手紙には説得力というものがあります。でも、弁護人が言った睡眠導入剤の入手と被告人とを結びつけるものが不明なんです。睡眠導入剤って、私は詳しく知りませんが、一般の人が簡単に入手できるものなんでしょうか？　もしできないのだったら、被告人はどこでどうして入手したのだろう。そこのところが解明されないと、単に被告人が飲み物に入れたとの推測にほかならないと思うんです。検察官はそこのところ、何も言ってなかったですよね」

これには二番も同感だった。

「そうなんですよね。昨日朗読された手紙、学部長あてに出されたものだけに、文章は良く練れていると思います。大学院生が死亡した駅構内でのふらついた足どり、その原因が睡眠導入剤によるものと推測はできますが、はたして被告人がどのようにして入手し、服用させたか、本当のところはまだわかりません。被告人に質問できればいいのですが」

奥村裁判長は事前整理手続で、次回に被告人質問に入ることになっている旨、説明した。

四番の中村が手を挙げた。

「今までいろいろな裁判の報道を見てまして被害者の家族などが言うには、〝裁判を通じて真実を明らかにする〟とかをときどき聞きますが、裁判で問われ、中心を占めているのは、〝真実〟ではなく、〝証拠〟ではないでしょうか。その証拠をいくつか、できるだけ多く結びつけていくと、ある時点で〝真実〟というものにいきつくのかもしれません。そして証拠によって犯した罪とそれを適用する法律の条文を結びつけて結論ともいうべき〝罰〟が科せられる。ですから、その証拠は厳密に精査され、本当のものかどうか、とことん突き詰めていかねばならないと思うのですが、裁判官の皆さま、いかがでしょうか」

四番の発言は検討していく際の一つの指針を示しているようでもあった。〝四番〟から〝中村〟にかえると、そこには裁判員制度を考える会のメンバーとしての顔があった。

三人の裁判官は議論のはじめや途中で意見を言わないようになっているらしいことを、裁判員たちは察した。そのことを奥村裁判長は静かに話した。

「わたしたちが先に意見などを述べますと、皆さん方はそれに誘導されてしまうのではないでしょうか。率直なご意見を先ずお聞きし、出尽くしたところで述べたいと思います」

要するに、話すだけ言わせ、後でピシッと、ということらしい。裁判員制度はそういうものなんだ。裁判員たちはあらためて知った。

三番の舘山は疑問点を出した。

「次に被告人質問ですが、彼の言っていることの事実の可否を見極めなければならないのですよね。昨日、検察官の起訴事実にはっきりと〝否認します、やってません〟と述べております。つぎからの被告人質問でもその線に沿って答えてくると思います。何を規準にして彼の言っていることが本当か嘘かを判断すればいいのでしょう、裁判長さん」

「検察官や弁護人への受け応えを注意深く聞いてください。嘘であればどこかで辻褄が合わなくなりますから」

裁判員たちはおしなべて審理に真剣に向き合っている。評議室での発言も途切れることはなく、そのどれもが真摯である。

審理は再開された。

「被告人は前へ出てください」

被告人・保志一馬はややうつむきかげんに証言席の前に立った。外貌からみても大学教員としての矜持はどこかへいったようだ。いや、長期間にわたる勾留生活がそのようにさせているのかもしれない。

「それでは検察官、質問をお願いします」

検察官は落ち着き払っている。昨日、被告人が起訴事実に対し、否認したことを受けての質問である。

「あなたが中野清子にはじめて会った時の印象について話してください」

「中野はテーマに対し、熱心に取り組んでおりました。過去の関連する論文などはほとんど読んでいたと思います。積極的な学生です」

「彼女に特別な感情を抱いたりはしなかったのですか」

「いえ、とくにありません」

「あなたはM大学へは非常勤講師として週一回行っていた。その都度、彼女とは会っていたのですか」

「その都度ではなく、必要があれば、ということです」

「どこで会っていたのですか」

「非常勤講師の控室だったり、ある時は授業の終わった後に教室でのこともありました」

「非常勤講師控室というのは、声を出したりできるのですか」

「ですから、その時は部屋の隅で、大きな声を出さないようにしておりました」

「論文指導にかこつけて中野さんと会ったのは、旅行に誘うまでにどのくらい会ったのですか」

「はっきり覚えておりません。数回です」

「その数回というのは、あいまいな表現ですが、我われが非常勤講師室の世話をしている事務員に尋ねますと、毎週だった、そのために良く覚えていると証言を得ております。そして二人でいる時は相当打ち解けた様子だったとも述べていますよ」

「そんなことはないです。何かの間違いです」

「そして、一泊旅行に誘っていますね、どうしてですか」

「そのころ、私の書いていたものが一段落し、区切りというか、ホッとするものがほしかったのでしょう」

「奥さんとではだめだったのですか」

「家内とは……、できたら別の人の方がいいと……」

「ということは、奥さんとはうまくいってなかったということですか」

「それは家庭内のことですから……」

「でも、ひとりの女性が亡くなったことに関してなんですよ。事実を述べてください」

「家庭内のことをここで言っても……」

「あなたははじめの事件について、起訴事実を否認しました。しかし、取り調べ段階での供述調書では具体的に述べていますね。つまり、中野清子とレストランの個室で食事したとき、終わり近くになって彼女が用を足しに席を外した隙にコーヒーカップに睡眠導入剤を入れたと。その薬剤はあらかじめ粉末状にして所持しており、入れるタイミングを狙っていた、コーヒーに入れ、帰ってきた彼女は何食わぬ顔で飲んでいるのを見て計画が実行されたことを確認した。そう供述したんでしょ」

被告人は臆することなく答えた。

「たしかに供述調書にはそう書いてあるかもしれません。それに署名と指紋を押させられた時というのは、連日の密室での過酷な取り調べで精神的・肉体的に参っていたときです。前と後ろには取調官がおり、大きな声を耳元でだし脅迫するようにして、彼らの筋書き通りに進められたのです。判断力もなくなっておりました。供述調書を見せてほしいといっても、今言ったとおりだと言い、取り合ってくれなかったのです。薬剤師に友だちはいても、そんなことを頼めるような間柄ではありません。彼とは年賀状を交換するだけで、遠く離れており、無理を頼める人ではありません」

「しかし、具体的なストーリーができてますね。あなたが取調官に言わなければ、友人に薬剤師がいることなどわからないでしょう」

「わたしが逮捕されてすぐに家宅捜索され、わたしの過去の手帳から年賀状からあらゆるものをもっていかれたようです。それらによって身辺は丸裸にされたも同然です。プライバシーはまったくなくなりました。いろいろなものをつなぎ合わせて都合よく筋書きが作られ、その線に沿って一人のおとなしい人間を罪人にすることなど、いとも簡単にできることです。わたしに睡眠導入剤を手に入れることなどできません。少しの事実に架空の物語をくっつけようとするものです」

被告人は一気にまくしたてた。

裁判員たちにとっては、警察や検察庁でどのような取り調べでこの供述調書ができてきたのか、うかがい知ることはできない。

被告人が相当の自信をもって述べているのを見て、弁護人との打ち合わせがされていることを、検察官などは感じた。弁護人はすかさず手を挙げた。

「裁判長、被告人の言うとおり、これはでっちあげです。脅迫と勝手に作られた供述で調書ができているのですよ。裁判官のみなさん、市民から選任された裁判員の皆さん、この事実をしっかり見てください」

弁護人は六人の裁判員を味方につけようと必死である。

検察官は負けじと手を挙げた。

「我われにはすべてを提示できるだけの準備があります」

二番の裁判員が質問を求めた。

「二番の方、お願いします」

「あなたはしていないと否定された。しかし、被害者との何らかの関係については事実なんですね。それでこのことは事実であり、これらは事実ではないとの線引きと言いますか、違いを分かるように説明してください」

これには他の裁判員もそのとおりだ、との反応を示した。

被告人は証言席の前で少し考える仕草をし、落ち着いて答えた。

「事実である部分は、中野清子に論文指導というか、研究上のアドバイスをおこなったことです。しかし、飲み物に睡眠導入剤を入れたことは事実ではありません。わたしと別れた後に、駅構内でふらついたというのとはまったく無関係です」

この説明では納得は得られない。二番の質問は続く。

「問題なのは、中野清子は死んでいる〝死人に口はなし〟といわれるとおりです。解剖の結果、睡眠導入剤が検出されたのです。それは誰からどのような方法かはわからないにしても、駅構内をふらつく一、二時間前に何らかの方法でその薬剤が体内へ入れられたのであろうと思われます。時間の経緯からみて、あなたと食事した時間帯とが重なるのですが、それについてはどう思いますか」

二番はジワリと迫ってくる。

「食事を終って、それから中野がどこで何をしていたかはわかりません。ただいえることは、わたしはそのような薬剤を所持していなかったということです」

法廷から評議室へ移った。

裁判員たちは飲み物を自動販売機で買ったり、あるいは持参した茶などを飲んでしばしの休憩をとっている。二、三人の小さな輪は緊張感から解放された安ど感に浸っている。

奥村裁判長の司会で評議に入った。

「みなさんがたは慣れてこられたご様子で、法廷の場で質問がでるようになりましたね。あのような場で、最初の質問はなかなか度胸のいることですからね。被告人質問、まだ初めの事件に対してですが、ご感想はいかがでしょうか」

法廷で質問した二番が手を挙げた。

「被告人は自信をもってますね。それにしても取り調べというのは、過酷なんでしょうね。誰だって自分がかわいく、したことでも〝していない〟とがんばり、できれば〝無罪〟になりたい、たとえ有罪でも軽くなるように持っていこうとするのは自然なこと、それを見破るのが、検察官であり、裁判官の役割……」

めずらしく裁判官が話の間に入ってきた。女性の正木弥生判事がきっぱりと言った。

「判断するのは、我われ裁判官だけではありません。裁判員の皆さまにも市民の目線から見て判断していただこうと、それが裁判員制度ですから」

　これには裁判員から反発が出た。

「とはいってもねぇ、専門的な知識、経験となりますと、とても裁判官の方がたにはかないませんよ」

　皮肉っぽい意見が出された。

「わたしたちが健全な社会常識で意見を言っても、それが裁判官の常識と離れていると、あとでピシッと直されるわけでしょ。〝直される〟というといけないのであれば、じんわりと諭されるのですよね……」

　二番の小泉は世の中の表も裏も熟知しているような話を休憩中にしていた。裁判官の表の顔と、表では見せない隠された背景があるのをすでに何かで学んでいるようだ。

　奥村裁判長から、次回からは学部長夫妻の殺害事件に重点をおいて審理することが告げられた。

「同じ被告人で、関係している事件ということなんですね。検察官が冒頭陳述で述べたことを思いださねばなりません」

　一番の北条政子は目を閉じて記憶を手繰り寄せた。

　検察官はこの事件の動機を述べた。

「この事件の動機は、被告人が大学教授への昇任を心待ちにしていた矢先、それに対して妨害する人物、しかも人事審査を主宰する学部長が壁になっていることを知った時、どうしても消したい衝動に駆られました。自己の野心を実現するための卑劣な行動がありました」

検察官はここでひと息入れて続けた。

「証拠によって証明しようとするものを提出します。犯行現場の写真、タオル及びナイフです。はじめは夫妻が折り重なって倒れているこの写真です。麻酔薬を含ませたタオルで口をふさがれ、意識を失ったところへ背中からナイフで突き刺しております。傷の深さは十センチです。これが致命傷となっております。夫と妻は同じ方向ではなく、交差するような状態でうつぶせになっていて、新聞紙には血が全面に飛び散っております。何枚かの新聞紙がありましたが、それでも一番上からも血しぶきが射抜いているのがわかります。犯行から数時間して撮影されたためか、鮮やかな色から変色していますが、それでもすさまじさがみてとれます。新聞紙を全面に広げて刺しているのは、犯人自身に血が飛び散るのを防ぐ目的であったろうと推測されます。ナイフに付着していた指紋は、鑑定の結果、被告人のものと判断されました。また麻酔薬を染み込ませたタオルを調べますと、ご夫妻以外の人物の毛髪があり、これも鑑定の結果、被告人のものと同一でした。これらにより、被告人がこの殺人事件の当事者であったことが証明されます」

裁判員の中でも若い三番の舘山えりかと五番の田川英里子は次つぎと映し出される写真を見て、思わず顔をそむけた。凄惨な場面は正視できるものではなかった。しゅんかん、どうして自分がこんなにむごい写真を、しかも画面いっぱいに拡大されたのを見なければならないのか、表情はこわばった。選挙管理委員会か、裁判所か、誰かの抽選によって名簿が作られ、その結果、このようなむごい写真を凝視しなければならなくなっている、納得いかない思いであった。平穏に過ごしている市民が、裁判員として残虐な事件の審理にかかわることに駆り出されている。裁判官や検察官などであれば、自分の職業としてそれを選択しているのに、わたしはどうしてこのような場に駆り出されているのだろう、わからない。検察官の言っていることより、心の動揺の方が大きな問題であった。そしてしばらく天を仰ぐようにして、その後、思った。いくらむごい現実の写真であっても、それが事件の断面であり、覆い隠すことのできないこと、目をそむけることは真実を直視しないことでもあることに気がついた。自分は今、裁判員としてこの法廷に臨んでいる。たとえそれが望まないものであるにしても……。心は逡巡している。見たくはないが観よう、でも、理屈どおりにはいかない。裁判員の心の迷いは傍聴席からも凝視されているような気がしてきた。けっきょくはチラリチラリと断続的な見方をした。

朝、裁判所へ向かう裁判員の足取りは重い。昨日の凄惨な状況を映した場面を思いだすと、胸が締め付けられる。今日はどんなことがあるのだろうか。どうかむごい写真などを見せられることの無いようにひたすら願って門をくぐった。裁判員の誰も晴れやかな顔をしたものはいない。裁判員になったときからずっと持ち続けている重苦しい〝使命〟は、あと何日続くのだろう。言葉にこそ出さないが、そのような想いに心は支配されている。

第三日目を迎えた。検察は新たな証拠を提出した。

学部長夫妻殺害事件の発生時刻の少し前に現場に近い山への登り口前にある防犯カメラの画像

である。犯行時刻の前後に映っている人物画像については、すべて誰かを特定でき、残る一名が被告人のものと特定できたというのである。ここに映っている人物が被告人であり、それを画像解析の専門家が分析した。

検察官はこの証人に尋問した。

「証人は画像解析の専門家として、どういうことで被告人と同一と思われたのでしょうか」

「はい、あたりはずいぶん暗かったのですが、画像のあかるさの反転や色の入れ換え、部分を拡大したり、さまざまの手法で人物像を手繰り寄せました。その結果、年齢は四十代後半から五十代前半、身長は一七〇センチ弱、服は黒、または黒に近い色との結果がでました」

「しかし、今言われたような男性はたくさんいますよね。相当多くが合致すると思われるのですが」

「画像を丹念に解析し、一定の結論を得て、それが被告人と一致したのです。顔の部分の骨格、肩、姿勢など比較できる特徴などを較べました。提示された男性が走っているときはどのような姿勢をとるか、身体の傾斜なども較べたりもしました。その結果です」

弁護人の反対尋問に移った。

「問題は、あの暗がりのなかです。画像解析の専門家でない、素人の私からみますと、あの動いている人物、二十秒から三十秒ほどの時間のもの、しかも、正面ではなく横からぼやーっとした状態しか見ることができないのに、どうして人物が特定できるのか、不思議です」

「先ほど言いましたように、画像そのものをさまざまな角度から分析しております」

弁護人は彼なりに調べているようだ。

「そりゃ、鑑定するためにはいろんな作業が必要でしょう。わたし、調べました。最近の防犯カメラはずいぶん性能は良いようです。防犯カメラにはズームレンズが装着され、夜間でもカラーできれいに撮ることができます。撮影そのものは高解像で鮮明です。問題は画像データを保存する際に画像精度は粗くなります。防犯カメラの性質上、広角レンズで撮るのですが、広い範囲を撮って圧縮して保存することになります。両端にひずみができ、中心と端では均一ではありません。歪んでしまいます。カメラそのものの精度は良くっても、長期間のものを保存する際の問題がつきまとってくるのです。その圧縮された画像で分析されたのですよね。よくぞあの画像で被告人と同一と判断されたとびっくりしています。いかにさまざまな手法を用いられたとはいえ、あれでは〝動く人物らしき画像〟です。鑑定結果には、到底納得できません。わたしからは以上です」

裁判員たちは真剣に聞いている。

次に提出された証拠は、麻酔剤を染み込ませたタオルであった。少し汚れている。

殺された夫妻の毛髪以外に別の形状をした毛髪が付着しており、鑑定により被告人のものとされた。科学警察の担当者が証人席に立った。検察官の尋問である。

「あなたは科学警察で主にどのようなことをしていますか」

「はい、顕微鏡による形態検査、DNA検査などをしております」

「今回のタオル、およびタオルに付着していたものの検査から、どういうことがわかりましたか」

「タオルには汗と麻酔剤が浸み込んでおりました。薬剤を染み込ませる前に汗を何回か拭いていたようですね。亡くなられたお二人のDNA型をまず調べ、次に汗からも型を検出していきました。その次に被告人が逮捕時に採取されたDNA型との照合検査を行い、合致しました。さらに顕微鏡で毛髪の照合検査もしました。見事に一致したのです。これは私以外の二人のメンバーによっても確認されました」

証人は、画面に三人のDNA型を映し出した。タオルに付着していた夫妻以外のものと、被告人の毛髪から検出された型、さらに毛髪の形状の同一を示す顕微鏡写真も対比するように投影した。証人は自信ありげにどのようにして同一と判断したかを説明した。

検察官はこの証言に自信をもったに違いない。

裁判員の四番が質問した。

「あなたはこの仕事に就いてどのくらいですか」

「十年です」

「ずっとこの仕事、科学警察ですか」

「いえ、前は大学の研究室で研究していました。助手、あ、今は〝助教〟というんですね。ミーハーのようなことで申し訳ないのですが、テレビの科学捜査の場面を見て、影響を受けました。警察の研究職員の試験を受け、今は犯罪鑑識員です。その頃もDNAとのつきあいはありましたが、わたしが始めたころと比べ、これに関する知見、信頼性はずいぶんと進歩してきました。十年ほど前とは比べ物にならないくらい、信頼度はアップしております」

「その十年間にどのくらいタッチされましたか」

「事件のあるたびに引っ張り出されますから、かなりの数に上ります。それ以外にも大学の研究室へ出かけて情報交換をしたり、一緒に何らかの仕事をしたりもしています」

「今では誤判はないと自信持って言えますか」

「はい、誤判はほとんどないでしょう」

「ありがとうございました」

四番は証人の自信に満ちた返答ぶりを読み取った。

裁判長が補充質問をした。

「今回、鑑定対象となったDNA型の照合、毛髪の形状検査・同一性の可否検査等は今まで担当されたもののなかで、条件はどうだったのでしょうか。容易に結論は出せたのか、難しかったのか、というところですね」

鑑定人は躊躇することなく答えた。

「DNAの鑑識精度はずいぶん発達しております。誤差は十万分の一くらいでしょう」

裁判員たちは〝十万分の一くらい〟と聴き、びっくりした。

そもそも法廷に提出される鑑定書などは公判前整理手続によって、素人である裁判員が理解できる範囲の量と質にするよう暗黙の了解がある。見方によっては、提出されていない証拠がどのようなものか、興味のあるところでもある。

裁判長から休廷を宣言された。

「これで午前の審理を終ります。午後は二時から行います」

裁判員たちは評議室へ戻った。ほっと緊張がほぐれた。

「先ほどの証拠、証人尋問について、午後には質問などを受けます。食事にしましょう。一時に集合してください」

裁判官と裁判員たちは連れ立って地下のレストランへ行った。毎日、代わりばえのしないランチを食べ、雑談している。各人、話題は裁判のことから離れた話題にしようと意識しているようだ。裁判官は裁判員たちと少しでも打ち解けた雰囲気をつくろうと努力している。奥村裁判長は絵の趣味があるのをチラリと話し出した。日曜画家として十年ほどの実績があるとか。

「仕事が仕事ですから、緊張の連続で、忘れたいことも多いのですよ。そんなとき、絵を描くことに没頭していると、そちらの方に心が集中して、しばしのあいだ忘れることができるんです。でもね、仕事が押し詰まってくると、土曜・日曜も書類を精査し、長時間没頭していますと、頭の芯から疲れるので、家内も気を遣っております。八月はほとんど法廷は開かれませんので、海外旅行に行ったりします。家族旅行です。ツアーでの団体旅行はしません。旅行会社に頼んで家族だけのプランを作ってもらっています。割高ですけれどね。もし団体旅行で行きますと、いつかの裁判で関係した人が混じっていると困りますからね。裁判官仲間でそういう人がいたのです。かつての被告人は裁判官の顔や名前を覚えており、気まずいことになったらしいのです。かつての被告人は自分の〝非〟を棚に上げてでも恨んでいたんでしょうね。裁判官はなにか恐ろしさを感じたのでしょう、旅行の途中で、添乗員に話し、団体からの離脱を申し出、高い金を払って飛行機の切符を手配して帰ったといいます。もしかしたら、身の危険を察知したのかもしれません。そういうことを耳にして、団体客の中には入らないのです」

裁判員たちは裁判官たちの苦労を垣間見たようであった。こんな話は初めて聞くことだった。絵の話にもどると、腕前は相当なものであるらしい。そういうことを話している奥村裁判長は穏やかで人懐っこいおじさんだった。

二番の小泉もときどき絵を描いていることをつられるように話した。

「わたしの絵というのは、とても裁判長さんほどではないですよ。素人の域を出ることはありません。日曜日などに近所へ出かけ、風景を描いております。そう先月ですね、植物園で花を描いていると、母親と一緒に来ていた三、四歳くらいの女の子がじっとしゃがんで小さなキャンバスを見ているのです。かわいい子で話しかけると、「おじさん、じょうずね」といって褒めてくれ、「ありがとう、がんばるよ」とお返事をしておきました。気にいったのか、それからも動かずにじっと、十分くらいいたでしょうか、母親の催促でようやく去っていき、バイバイと小さな手を振っている姿がかわいかったですよ」

そこにいた裁判員たちは小泉の話をほほえましく聞き入った。

昼食が終わっても、裁判所外へ出ることは認められていない。評議室へ戻り、二、三人人が寄りあって話したり、仕事上の打ち合わせでもしているのか、電話やメールに余念のない人、目を閉じて半分寝ているような人、さまざまにして休憩時間を過ごしている。

やがて評議は始まった。裁判長は先ほどのレストランでの話とは打って変わって威厳をもって話し始めた。

「午前の証拠調べではご夫妻の殺人事件のあった現場近くの防犯カメラにあった画像、および麻酔薬を染み込ませたタオル、この二点が提出されました。それぞれ鑑定人が出席し、尋問されました。ご質問やご意見などお願いします」

裁判員たちは午前の模様を思い返している。指名されなくても発言できるようになってきた。

「はい」と一番が手を挙げた。

「それでは一番の方」

「なんか、はじめに戻ったようですみません。午前の二つの証拠、証言を聞いていて、DNAや毛髪のことを聞いてますと、いわれたとおりかな、と感じたのですが、画像解析のことでは本当にそうかなと思い、直ちに肯定することはできませんね。以前、ある事件がありましたよね。深夜に女子高校生が人気のないところで殺されたという事件が。あのときに証拠として出された防犯カメラの画像、第一審ではあの不鮮明でぼやけた画像でも被告人と同一と判断しました。その結果、『有罪』になったのです。しかし、控訴され、高裁では同じ画像に対し、被告人と同一と決めつけることはできないとして、一転して『無罪』になりました。まだ記憶に残っているくらい前のことです。午前の証言を聞いて、このことを思いだしました。判断を間違えないようにしたいと思います」

裁判長は口をはさんだ。

「まだ、結論めいたことは差し控えてもらったほうがいいのではないかと思います。。それは明日以降にお聞きすることとして……」

「でも、率直な感想なんです」

それいじょう、両者は続けなかった。

六番が手を挙げた。

「何が事実で、何が事実でないか、判断するのは難しいですね。今はまだ早いと言われても、遅かれ早かれ考えねばならないことです。わたしたちが〝解放〟されるまでに通らねばならない胸痛む〝関門〟です」

二番がすっと発言を求めた。

「二時からも別の証拠が出されるんですよね」

裁判長はうなずいた。

「結論めいたことはそれからでいいんじゃないですか。検察の言う犯罪事実とそれを証明しようとする証拠のいくつか、それらに真実性があるのか、否か、全体を見て、わたしたちの〝健全な社会常識〟と〝市民感覚〟で判断していきましょう」

これには誰も反論できなかった。それればかりか「そうね」と相づちが聞こえた。

三番は心配げに口を開いた。

「けれども、やがて私たちは被告人に有罪か無罪かを決め、もし『有罪』となれば、量刑も決めなければならないんですよね、恐ろしい。裁判員になった時からそうなるとはわかっていても、いざ、有罪・無罪を決めよ、と迫られると、耐えられない仕事ですね。裁判官にならなくてよかった。裁判官という職業の人は、こういうことを仕事として年がら年中しておられる。ご立派ですね」

皮肉っぽいつぶやきに三人の裁判官たちは身じろぎもせずに聞いている。評議室には少しの間、重苦しい空気が漂った。

二時十分前、裁判長は午後の審理時間が迫ってきた旨、促した。

法廷に入ると、再び一同の「礼」で審理は再開された。

裁判員が気になっていることがある。この裁判の最初から欠かさず傍聴に来ている女性の姿。ずっと、同じ席に座り、下を向いたままで歳は四十代くらいだろうか、ときおりハンカチで目を覆い、被告人をチラリと見たり、正面を見ることもあるが、おしなべて不動の姿勢である。この女性のことを特に気にしだしたのは、二日目の午後からだった。裁判官たちはその人物が通常の傍聴人でないことは当初からわかっていた。職業的な勘である。検察から示される証拠、特に疑いの余地がないものを提示された時、涙をぬぐっている静かな音が漏れていた。裁判員たちはしばらくその女性にくぎ付けになった。裁判長は被告人の妻であることは早くから見抜いていた。

今、この女性の胸の内にはどのような心情が渦巻いているのだろうか。大学の教員と結婚している友だちをみて、うちの主人はいつまで専任講師なのか、同年代の多くの人たちはすでに教授になっている。いつになったら教授になるのかと事あるごとになじったこともあった。夫としてはそういうことを言われて、いい気分でいられることはなかっただろう。いつかは〝教授夫人〟になることを夢みていた。そして親子ほど年の離れている女子大学院生との一泊旅行、その晩の情事。そういえば夫婦間の心の疎遠はいつごろから生じたのだろう。夫と娘との間柄は良く、二人で出掛けたりもしている。何がきっかけで夫のことをなじるようになったのか、今もって思いだせない。でも、訳の分からないのに、怒鳴り散らしたことも一度や二度ではなかった。夫がこのようになったのは、もしかしたら私の方こそ責められることなのかもしれない。家へ帰っても心休まる空間ではなかった。夫が逮捕されて連れられていった時、興奮し、混乱し、夫を恨むこと以外に考えることはできなかった。この先、どうなるの……。わたしはどうすればいいのか、逮捕以来、ずっと考えてきた。でも、答えはみつからない。判決によってたとえ無罪となっても、もはや普通の仕事に就くことは無理だろう。いつまでも「殺人容疑で裁判にかけられた」との事実は消すことはできない。わたしたちの家庭は破壊された。修復のしようはない。まだ幼い娘、この子の一生に光は届かなくなったのだろうか。そうだとすると、それはあまりにも酷い。すべての前途、可能性を奪ってしまったのだろうか。この子にどういって詫びればいいのか、いや、詫びてすむ問題ではない。逮捕以後、体調はすぐれず、ふさぎ込むことが多くなった。体重は減り、かつての精気は陰をひそめた。娘には友だちはできない。わずかに頼りになるのは、身を寄せている実家の両親のみとなった。夫の罪の半分は自分にもある。どう〝懺悔〟すればいいのか、来る日も来る日も苦しんでいる。母と子、両親も一日たりとも笑顔になることはなかった。

裁判員はもう一人の女性にも視線を向けている。手紙の件で証言した大学院生の喜多川英子である。裁判員六番の席から真正面の位置に座っている。常に検察官の向こうにその女性は見えている。

英子は親友である中野清子の殺害事件があった頃から、何かに集中しているように見えて、前方をぼんやりと見つめ、虚ろな状態になっていることがある。清子が駅構内でふらつき始めたとき、まわりにはどのようにみえたのだろう。何を考えていたのだろう。いや、その時にはもう考えることはできなく、夢遊病者のようであったのかもしれない。わたしがその場にいたなら、きっと助けられただろうに。その頃、母の付き添いで病院へ行っていたのだった。

英子は昨日の証人尋問がすんで、少しは落ち着いてきた。しかし、あのとき、あの場で、思っていることは自由に言えなかった。尋ねられたことのみを淡々と述べた。質問以外のことは一切話すことはできなかった。質問以外のことこそ、言いたかった内容があるのかもしれない。今は気持ちの整理がついてきたように思える。清子の書きかけだった最後の論文、といっても下書きだが、それをお母さんから譲り受けた。彼女の遺した貴重な想い出である。勉強してきたことの思考の痕跡となっているものである。二人で撮った写真のそばに置いている。微笑んだ顔はいつまでもわたしを支えてくれているようだ。やすらかな眠りを祈っている。

生きていれば味わえるであろう喜び、悲しみなど〝喜怒哀楽〟といわれるものすべてから断絶されてしまった。それらから可能性を絶たれてしまった清子さん、私は昨日の証言を区切りとして、強く生きていきたいです。清子さん、天上からわたしを見守ってください。

二人の女性、保志一馬の妻と喜多川英子とは、立場さえ異なるが、ともに大きな苦しみを背負っている。一生消すことのできない傷痕を。英子は親友を失ったばかりでなく、大学の先生が殺人容疑で裁判にかけられているという信じられない事態を目の前にしている。保志の妻は光のない闇にじっと佇んでいる様子が見られる。そこから抜け出すには何が必要なのか、何が求められるのか、わからない。なすすべもない。

法廷では文学部長夫妻を殺害したときに使用したナイフに付着していた指紋と、被告人の指紋との同一性を示す証拠が投映されている。

鑑定人に対する検察官の尋問が始まった。裁判員たちはここでのエッセンスともいうべき門答が印象に残った。

「証人はこの仕事に携わって何年になりますか」

「はい、十年です」

「この指紋をみる限り、ナイフに斜めの疵があり、その欠落した部分の紋様は採取できていないですよね。これである特定の人物のものと同一と判断できるのですか」

「これでは指紋の三角州と端点、分岐点を結ぶ部分が欠落しておりますが、指紋データベースから調べ、特徴点のデータとの照合などを行います。このような事例は珍しいことではありません」

「被告人のものと判断できますか」

「はい、できます」

次に弁護人の反対尋問に移った。

「わたしは指紋照合については素人です。ですが、ナイフに付着していた疵の幅は一ミリ、広いところでは二ミリ近くもありますね。相当欠落した指紋紋様ではたしてある特定の者の指紋と同一と判定できるのでしょうか、疑問です」

鑑定人は少しもたじろがない。

「そう思われるかもしれませんが、長年にわたる調査・研究の積み重ねがあります。先ほども述べましたが、指紋の特徴を示すデータ、これには特徴点の種類、指上での指紋の向き、中心点からの座標的特徴、さらに識別度を向上させるための工夫がありますが、それらについては、こういう公開の場では申し上げられません。今回の場合、たしかにナイフの疵によって指紋の欠落部分はありますが、照合作業は十分に行えました」

「ナイフに付着していた指紋は、左右どちらの手のどの指でしたか」

「右手の人差し指、中指、親指でした」

鑑定人はきっぱりと答えた。それに対し、弁護人も直ちに反論した。

「あのね、被告人は日常生活で左利きなんです。あのような事件、いわば咄嗟のときに左利きの人が急に右利きでやれるでしょうか、はなはだ大きな疑問です」

検察官はいっしゅん、はっとしたような表情をあらわにした。

第三章　かくして「判決」はつくられた

1

裁判長は次の段階へ移ることを宣言した。

「以上で検察官から提出された証拠に対する審査を終了してよろしいでしょうか」

検察官・弁護人とも「はい」と首を縦に振った。

「それでは次に被告人質問に移ります。被告人は証言席へ来てください」

被告人・保志一馬は証言席の前へ、廷吏はすぐ後ろに座った。

検察官はメモをもって立ち上がった。

「それでは検察官からいくつか質問があります。学部長ご夫妻が殺害された時、あなたはどこで何をしていましたか」

「ご夫妻が殺害された時、といいましても、私はその日時をはっきりと知りません。多分、普段と変わらない生活をしていたと思います。晩でしたら、家でくつろいでいたりとか……」

「亡くなった学部長に対して特別の感情をもっていましたか」

「いえ、何も、他の方と変わらぬつきあいです。専門分野は違いますから」

検察官は、この男、どこまでも知らないふりをするんだな、と思った。

「学部長夫妻が殺された現場にあったナイフには、あなたの指紋がついていたんですよ」

「そのナイフには何か所かの疵がついていたというじゃないですか。無理に私の指紋と同一であるとこじつけているとしか思えません」

「しかし、科学警察が専門的に行った鑑定では、あなたの指紋と結論付けました。次に移りましょう。あなたはそのころ、教授選考中であることを知っていましたか」

「はい、事件の三か月くらい前に専任講師になってからの著書・論文のリストと論文の抜き刷りを出すように言われました。その際、少しほのめかされましたから」

「M大学の院生からH大学の文学部長、すなわち殺害された方ですが、その方に出された手紙、おととい、この場で朗読しました。聞いてどう思いますか」

「事実と異なる点があります」

「どういう点ですか」

「わたしはレストランでコーヒーに睡眠導入剤なるものを入れておりません。わたしにはそういうものを手に入れることさえできません。真っ赤なウソです」

「M大学へはいつころから非常勤講師として行ってたのですか」

「数年前、四、五年くらいですかね」

「亡くなった中野清子とはどうして知りあったのですか」

「それまで中野の指導教授であった人が海外留学をしてからです。その教授とは以前からの知人であったために相談にのってやってくれ、ということで、わたしはあくまでも非常勤でいっていた身ですから、こちらから指導などといえたものではありません」

「中野清子と一泊旅行に行ったことは事実ですか」

「はい」

「その晩、〝情〟をつうじたことは……」

「……」

「そういう行為に対してどう思いますか」

「……」

「中野清子と最後に食事に行ったこと、それはどうして誘ったのですか」

「どちらともなく、だったと認識しております」

「レストランではどのくらい時間を過ごしたのですか」

「さあ、時計を見ていたわけではないので、はっきりしたことはわかりませんが、一時間か一時間半くらいだったようにも思います」

「レストランへ入ってから出るまでの間、中野清子さんはトイレか何かで席を立ったことはありますか」

「はっきり覚えていません」

「中野清子がレストランを出たときの様子はどうでしたか」

「特に変わったものではなく、ごちそうさま、と言われて別れました」

「中野の死をどこで知りましたか」

「家へ帰ってテレビのニュースだったと思います」

「そのニュースを見てどう思いましたか」

「びっくりしました。ほんの二時間ほど前には元気だったのに、まったく想像もできないこと。しばらく、ボーっとしていました。信じられないことで。若くして亡くなり、残念です」

検察官は、彼の言い方がまるで他人事のようなのを苦々しく聞いた。

裁判官も裁判員もひと言たりとも聞き漏らすまいと、真剣に聴いている。検察官の尋問が終わった。

「それでは弁護人、お願いします」

「あなたは今の尋問でも、していない、否定の立場で終始話されています。あなたは大学の先生をしておられる。大学の先生というのは、広く世間から〝偉い人〟と思われております。わたしもそう思います。そういうなかで、今回、刑事事件で、それも三人の殺害容疑で起訴され、このように公開の場で裁かれております。このようなことについて、どうお考えですか」

保志一馬は考え込んだ。しばらくしてようやく話し始めた。

「今、弁護人の方が言われたとおり、大学教員がこのような立場に置かれること、大変残念です。まことに慙愧《ざんき》に堪えません。大学へ行けば〝先生〟と呼ばれる立場の身、どう言い訳しようにも苦しいです。今は一刻も早く疑惑が晴れることを祈っております」

「殊勝なことを言われても、三人の罪なき人が殺されているのです。あなたには疑われることがあったのではないですか。端的なことが、さきほど検察官から旅行に行った晩、〝情〟を通じたかを聞かれた時、またこのような行為に対してどう思うかを問われた時、明確に応えず、黙して語らなかった。それは検察官に対して、いや、彼だけでなく、裁判官や裁判員たちに対しても、良い印象は与えておりません。後ろめたいことがなければ、はっきりと否定すべきでした。そのうえでお聞きします。中野清子との一泊旅行、あなたは〝良心〟という自制心が働かなかったのでしょうか。大学の教員、非常勤講師といえども教え子との〝不適切な関係〟です」

保志一馬は煩悶するようにしている。それをどう〝言葉〟として発すればいいのか、もがいている。弁護人は声をかけた。

「保志さん、私はあなたの弁護人です。力になりたいのです。あなたの良心を〝言葉〟として発してください」

保志は考え込んでいる。声は小さくなってきた。

「一泊旅行に行ったこと、深く反省しております。今思えば軽率であったと……」

その言葉が終わらないうちに、傍聴席から涙声が響き渡った。裁判長は今日も来ている保志の妻であることを悟っている。これ以上大きく響くようであれば、退出を指示しようと覚悟している。裁判長には法廷の秩序を守る職務もあることから。

弁護人はもっと聞きたかったが、公判前整理手続で事細かくスケジュールが決められており、自身もそこにいたこともあり、これ以上時間を割くことは控えなければならなかった。中途半端で質問が終わったことに、聞いている裁判員にも尋問への物足りなさを感じさせたかもしれない。

裁判員に何か質問があるか、尋ねられた。

二番が手を挙げた。彼は裁判員のなかでは最年長とみられる。

「あなたは今まで五十年ほど生きてきて人生の何たるかを十分知っておられることと思います。人間には出世欲もあります。会社勤めをしておれば、同僚よりも早く役職に就きたいとか、ときには蹴落してでも上役によく見られたい、と思うのは当然です。人間の避けて通れない〝性（サガ）〟ですよね。大学においてもそうでしょう。専任講師よりも教授の方が世間的な〝聞こえ〟は良いに決まっております。でも、私思うに、教授への願望が強すぎたのではありませんか。とはいっても、まだあなたは〝犯人〟とみなされたわけではありません。ただ、検察によって起訴され、ここに〝被告人〟という立場で立たされている。初日に起訴状が読まれました。今、あなたが言える少ない機会だと思って、検察官の言ったことに対して論破してください」

これに答えるには、保志は少し考える時間が必要だった。頭の中を整理しなければならない。

「少しの時間、待ってください」

保志の頭のなかにはきっといろいろなことがうごめいていることだろう。女性との一泊旅行に行ったのは、家へ帰れば妻からの怒鳴り声と喚き散らしで気の休まる空間ではなかったことが第一だった。でもそんなことは恥ずかしくて言えない。帰宅時間を遅くしようとしたのは日常的なことであった。論文執筆にかこつけて、ネットカフェで泊まることもあった。院生の中野といるときは心休まる時間であった。次に会える日を待っていた。そして一泊旅行、まさに夢のような時間だった。
二、三秒、時をおいた。
今、このときが、弁明できるおそらく最後の機会になるであろうと覚悟した。中野清子とレストランでの食事、もしかしてとポケットに忍ばせていた粉状の薬品、睡眠状態をもたらせるもの、これは薬剤師をしている古い友人に虚偽の話をもちかけて手に入れたものであった。この薬剤を中野がいっしゅん席を外したのをみはからって入れたことは忘れられない。予想外にうまくいった。決行した直後から、この行為はなかったことにしよう、忘れようと誓った。

この裁判のはじめに検察官からの冒頭陳述があった。そのとき、起訴事実を否認した。これからも一切を否認することだ。中野清子には申し訳ない気持ちを抱いているが……。

時として頭の中を掠めるのは、かつて保志が大学院生として一緒に学んでいた同期生たちはほとんどが教授になっていること。ときたま顔を合わせたとき、立ち話のなかでさえ、いまだに講師でいることを見下されているように思って、情けなく思ったこともあった。それ以来、早く教授になりたい、と切実に思ったのであった。

起訴内容を思い返した。今言われた〝教授への願望〟のこと、これは否定しておかねばならない。

「先ほど言われました〝教授への願望〟のことですが、これは自分が望んでなれるものではありません。それなりの〝空き〟のポストがあり、研究業績、さらには〝運〟も左右するかもしれません。早くになる人もあれば、准教授で定年を迎える人もいます。でも立派な業績を残している人……。さまざまです。わたしは淡々と毎日の授業を行い、論文執筆にも精を出し、いつかは評価してもらえるだろうと思っておりました。

非常勤講師先で与えられた授業をこなすだけではなく、大学院生の論文などの相談にのることは、わたしの論文にも別の視点から切り込むことにつながってきました。きっぱりと否定しておきたいのは、一緒に食事をした時に、睡眠導入剤を飲み物に入れた、と検察は言いますが、私にはそのようなものを手に入れることはできません。それになんといっても、破廉恥なことをすればたとえ週に一回であれ、非常勤講師の口を失うことは明らかです。分別のある人間として、そんなことはできません。

それから学部長ご夫妻のことですが、私はその場所に行っておりません。タオルに毛髪がついていたとされておりますが、どうしてそんなものが……と信じられません。そういえば、秋のはじめに祭りがあり、友人から差し出されたタオルで汗を拭きました。そうです。その祭りでケガをしたとき、血の処理もしました。まだ暑い日だったので、汗は存分に浸み込んだのでしょう。帰りにはどこかで無くしてしまったのです。タオルの一件はなにかの錯誤、あるいはつくられたものかと疑ってみたりもします。

提出された画像、あれでどうしてわたしと判断できるのでしょうか。判決によって〝無罪〟となっても、私は警察や検察によって大きな仕打ちを受けてしまったのです。殺人容疑で『元被告』との肩書がどこまでもついてまわり、社会に出ても仕事先はなく、路頭に迷ってしまいます。そんなことならいっそ死んでしまった方がましです。わたしは〝死〟を選びます。〝誠実〟この上ない姿で死んでいきます」

法廷内は〝死〟という言葉に凍ってしまった。傍聴に来ていた手紙の書き主である喜多川英子は驚愕《きょうがく》した。わたしの書いたあの一通の手紙が、法廷の場に出され、有力な証拠とされている。このようなことになるとは思ってもみなかっただけに、どうしたらいいのか、混乱している。法廷から退出しようかとも思ったが、やはり終わりまで見届けたいとの意識が押し戻した。親友の中野清子の霊前に報告したい気持ちが絶えずあったから。

被告人質問は終わった。被告人がまとまって意見を述べることのできる機会であったが、どのように主張を展開できただろうか。教員であるため自分の考えを伝えることには慣れているはずだ。しかし、人生ではじめて経験する被告人の立場で、法廷という運命を決するような場面で裁判官や裁判員に伝えられたとは思っていない。いや、言うべきことの半分も伝えられていないもどかしさを覚えている。悔しさともなって、自戒している。

裁判長は次の展開を宣告した。

「次に、被害者遺族の証言・意見陳述にはいります。まずはH大学文学部長ご夫妻のご子息が来ておられます。どうぞ」

検察官の後部席から証言台へ進んで一礼した。

「あなたのお名前をおっしゃってください」

よどみなく答えた。

「生年月日、住所等はここに書いてある通りですね」

「はい」

「それでは、あなたのご両親があのような事件で亡くなられた、率直なお気持ちをお述べください」

男性は法廷の証言台前に立つということで、若干の緊張感をもっている。心を落ち着かせた。

裁判員たちはこれからどのようなことが話されるのか、興味深く耳を傾けている。

「あの事件の翌朝、母が仲良くしていた隣の奥さんから電話があってびっくりしました。両親が殺されたというのです。いっしゅん何のことかわからず呆然とたたずみ、目の前が真っ暗になったのです。取り急ぎ現場へ急行しました。しかし、すでに両親の姿はそこにはなく、さる所で司法解剖の準備がされているところでした。何時間待たされたか、終わってから両親と対面することとなったのです。

両親と最後に逢ったのは、亡くなる二、三日前でにこやかに談笑し、茶を啜っていた姿が蘇ってきます。大学では学部長をしておりました。二年任期の残る半年ほどを無事に過ごしたい、でも学部長をしているといろんな課題というか、難問が降りかかってきて参ってしまうんだよ、と愚痴を言ったりしていました。お前もいつか管理職になればその苦しみはわかるぞ、覚悟しておけと笑いながら言っていました。

遺体と対面し、その変わり果てた姿を見て、普段は温厚そうに見えても何か人に恨まれるようなことがあったのだろうかと考え込みました。人生を全うして旅立つのでなく、理不尽で非情な殺害という行為によって、生命を絶たれたこと、怒りでいっぱいです。父の思い出といえば小さい時からいろいろとありますが、ある学生が正月に来て居合わせた私も一緒に年始を祝っていたとき、この先生、授業、特にゼミのときなんか厳しいんですよ、というんです。学生の愚痴を受けて父は、学生のうちに厳しく指導された方が社会へ出て何事にも屈せずがんばっていけるんだよ、特にわたしはゼミのときには厳しくする。講義のように壇上からでなく、少人数の平場で対等のように話すからかもしれない。かつて君と同じことを先輩も言ってたよ。その学生が卒業してからの年賀状で、先生に厳しくされたおかげで今はひとに負けないように頑張っております、と書いていたのを見てうれしく思った。次に父が言った言葉が印象的でした。『わたしは授業のときは厳しいが、愛情をもっている。どこまでも学生一人ひとりのことを思っている』と。父の学生に対する思いやりが表れていると思いました。だからこそ、卒業した元学生が年賀状に思いをしたためてきたのでしょう。

そんな父を支えていた母も同じ犯人によって殺されました。両親はたいそう仲が良かったのを見ております。わたしの小さな子どもにとっても〝よきおばあちゃん〟でした。まだ小さいですから、人に殺されたなど、本当のことを教えておりません。突然の死をどう伝えれば良いのか大いに悩みました。今では心静かに現実を受け止めているようです。時として発する『おじいちゃんやおばあちゃんはどうして死んじゃったの？　昨日も夢で仲よく遊んでいたよ』、わたしや妻の涙を誘いました。

殺されるとき、タオルに浸み込ませた麻酔薬で気を失わせ、無抵抗のうちに背後からナイフで突き刺したというじゃないですか。何の罪もない平穏に暮らしているふたりを夜陰で襲うなど卑怯で許せない行為です。卑劣極まりないです」

しばらく思いだすように静かにしている。

「あの事件から一年数か月がたちました。ですからこのように冷静にできるのかもしれません。あの直後なら取り乱していたでしょう。しかし、いくら時日がたっても、両親を殺された怒りは収まりません。どうか厳罰をお願いします」

次いで大学院生であった中野清子の母が証言台の前に立った。

「わたしの娘が亡くなってもう一年数か月が経ちました。時日はあっという間に過ぎてしまうものです。でも今も娘の笑っている写真を机の上において偲び、話しかけたりしております。どうしてそんなに死に急いだの？　どうしてもっとお母さんに相談してくれなかったの……。悔いは後を絶ちません。

論文提出の期限が迫っているといっては徹夜に近い状態で一生懸命に机に向かっていた姿がいつまでも忘れられません。そして専門の雑誌に掲載された時には一番に見せてくれたものです。主人と一緒に眺め、ああ、娘はこんな勉強をしているのだと感慨にふけったくらいです。

週一回大学へ来られる非常勤講師の方に指導を受けているとのことは、亡くなってから聞きました。その先生と一泊旅行に行ったことはまったく知りません。知っておれば止めたでしょう。そして妊娠もさせられたと、なんということでしょう」

深呼吸を二、三回している。

「これまでの傍聴でいちばん気がかりなのは、被告人は反省していないことです。妻子ある身で若い女性に孕ませ、自己の行為を隠ぺいするため、あげくは睡眠導入剤を飲ませ、あたかも病気か自殺に見せかけ、駅プラットホームから落下、即死させられたのです。駆けつけて遺体を見たとき、絶句しました。あまりにも無残な姿に言葉は出ませんでした。娘をたたき、気をつかせようとしましたが、すべては無駄なことでした。わかっていながら何度もほおをたたきました。

娘はいつも前向きに生きてきました。でもすべての人生は絶たれたのです。このようにさせた犯人が憎い。係官から、解剖の結果、体内から睡眠導入剤の成分が検出され、その効果によってふらついたのだと説明を受けました。そのとき、何がどうなったのかわからなくなりました。目の前が真っ暗になったのです。わたしは卒倒してしばらく、少しですが気を失っていたようです。

翌年春には大学院の博士課程を修了し、どこかの大学へ就職できる段取りは既にとっておりました。未来への可能性をもっていたのです。

さきほど、ご両親を亡くされたご子息がお話になっていました。わたしの娘も何の罪もない善良な市民です。それを卑劣極まりない方法で死に追いやるなんて、許せません。娘や家族の想いを汲んでください。

裁判員の皆さん、いつ、なんどき、このようなことが皆さんの身に降りかかるかもしれないのです。わたしたち被害者の苦しみ、悲しみ、嘆き、およそ人間の持っているあらゆる負の感情をもたらすのが、わたしたち遺族の一生消せない心の傷です。

犯人をどうか厳罰にしてください。お願いします」

母親は深々と一礼して元の席へ戻った。

裁判員たちは二人の陳述を聴きながら、思った。陳述は証拠として採用されるものではなく、いわば言いっぱなし、極端に言えば〝ガス抜き〟とも受け止められかねない。それでも従来は被害者遺族が意見を述べることなどできなかったことから比べると、大きな変容であった。裁判員一人ひとりの胸の内にどう響いただろうか。

裁判長から検察及び弁護人に対し、本件の審理を終了して良いか尋ね、いずれも首を縦に振り、「はい」と答えた。

次に宣告された言葉、「これをもって審理は終了します。明日は十時から検察の論告・求刑、弁護人の弁論及び被告人の最終陳述を行います」

裁判官及び裁判員たちは評議室へ戻り、十五分間の休憩にはいった。今日で公判は三日目となったが、実質的には初日の午後と二日目、三日目と正味二日半の証拠調べ、証人尋問などであった。あとは明日の午前に検察官の論告と求刑、ここでどのような求刑を言ってくるのか、頭を抱えさせる種である。そのような想いは一人や二人ではなかった。それにしても公判前整理手続で決められたスケジュールでここまであっという間に進んできた。〝迅速な裁判〟を地でいっているようだ。裁判員裁判とはこのようなものか、と実体験をしている。クジによって駆り出された市民に、二日半の審理ではたして〝事実〟を解明することができたのだろうか。論告・求刑後の評議では実質的に突っ込んだ議論が可能なのだろうか。裁判員たちには何も〝下地〟のないなかで。

中村寅太は留守にしている学校のことはすっかり忘れていた。というより、忘れざるを得なかった。五日間の穴埋めをきちんとしてくれていることを願っている。ふと学校の様子が心の隙間によぎった。

千代乃の女将、一番の北条政子に声をかけた。

「どう思われますか。あっという間にここまでやってきましたね。裁判長の陣頭指揮で、スケジュール通りに進んできた、という感じはしませんか。〝重大事件〟がこんなに簡単に結論が出されるってこと、世の中の人たちはどうみるでしょうね」

二人の間では番号ではなく、名前の方に慣れている。

「そうですよ、〝殺人〟という事実があったのですから、誰かが実行したのは間違いないのです。問題は、〝実行者〟は誰か、被告人として起訴されている彼なのか、あるいは別にいるのか、いろいろな証拠や証言などを積み重ねて慎重に判断していかねばなりませんよね。わたし、意見を求められたら、どういえばいいのか迷ってしまいますわ」

「先ほどのお二人の陳述を聞いていて気になるのですが、最後に犯人を厳罰にしてください、とはいっても、目の前にいる被告人とはひと言も言っていないんですよね。偶然でしょうか」

「そういえばそうですね。罪を憎んで人を憎まず、まさかそんなかっこいいことはないでしょう。大事な身内を殺されているのに。おふたりともそこまでお人よしではないと思います。いずれにしても被害者の陳述は証拠としては採用されないのです」

「それじゃ、いいっぱなしですか」

「そうなります。ただ、裁判官や裁判員の心証にどう影響するか、でしょうね」

まもなく十五分間の休憩が終わって緊張する評議になった。裁判長はこれまでのことについて感想を求めた。

「先ほどで審理の大半は終わりました。後は明日の午前に検察からの論告求刑があり、引き続いて弁護人からそれに対する反論、被告人の最終陳述という流れになります」

二番がさっと手を挙げた。

「裁判って、こんな簡単なものですか。もっと慎重にされるものと思っていました。裁判官だけの裁判だったら、公判と次回公判との間隔は短くても一週間とか二週間、長ければ一カ月ほど空いて開催されるでしょ。それによって考える時間もあります。もちろん、検察・弁護人との日程調整が合わない、ということもあるでしょうけれど。ところが裁判員が加わることによって、わたしたち裁判員の都合を考慮して、証拠・証人の事前整理によって多くのものから〝精選〟される。日程は連続的開催で詰めて開催されていく。じっくりと考える時間的余裕もなく、効率優先で、被告人にはかわいそうですよ。明日、有罪ということになってしまいますと、被告人には何と言ったらいいか、困ってしまいますね」

裁判長は最初にこのような意見が出るとは予想していなかったかもしれない。自信をもった口調で話されると、他の意見を言おうとしていた人が言いにくくなるのを恐れた。

今となっては仕方のないことだが、裁判長の腹のなかでは、あと二、三日審理期間が必要だったと思っている節が見受けられる。このスケジュールを決めたときには、被告人は起訴事実を認めていた。それが初日に否定した……。検察の求刑は相当に重いもの、〝極刑〟が想定されるため、それにみあった審理があってもよかったのではないかと、ふとした意識は、無意識のなかで頭のなかを去来した。残された期間は短い。

「被告人がどうなるか、結論めいたことは、明日の午後にしていただけませんか。それでは他の方……」

一番が発言を求めた。

「あす、検察がどのような論告を言ってくるか、大体の予想はつきますよね。今までの言い分をまとめてくるのでしょう。そして求刑、大いに関心のあるところです。検察の主張する三人の殺人に対してですから、相当厳しいものが予想されます。そのとき、わたしたちはしっかりと考えていかねばならないと思います」

四番も続いた。

「しかし、今日までにも被告人は世間から、というより、警察や検察からひどい仕打ちを受けております。逮捕だけでも本人と家族にとって大きなショックなのに、大学の教員という職を失い、そのうえ長期間にわたる勾留でしょ。家族は無収入となり、これで無罪になったら、警察や検察は何と言って詫びるのでしょう」

二番が口をはさんだ。

「いや、警察や検察は決して謝らないでしょう。そればかりか早期に高裁へ控訴する手続きを取るでしょう。腹の底では、裁判員たちは間違っている、といわんばかりに」

裁判長はこれいじょう、このような意見が出ることを好まなかった。壁にかかっている時計はちょうど五時を指していた。

「五時には終わりませんと、書記官や職員などの勤務時間のこともありますので、本日はここで終了させていただきます。明日は九時半にお集まりください。十時から法廷です。ご苦労様でした」

本日の解散が宣告された。なにか物足らない想いを抱いたのは、一人や二人ではなかった。これでいいのだろうか、と胸のなかにはすっきりしないものをもっている。裁判所の門を出るまで、六人は一緒だった。二番が誘いの言葉をかけた。

「みなさん、ここを出て自由に語らいませんか。そこでは番号ではなく、名前で、フランクに……」
二、三人から「いいね」と反応が返ってきた。素早い反応の裏では、法廷や評議室の格式ばった空気から別の空気を吸いたいとの欲求があったのだろう。五番は申し訳なさそうに言った。
「わたしも仲間に入れてほしいのですが、小学生の子どもがおばあちゃんと一緒に待ってますから。これから帰って夕食の支度をします」

一番は決心したような心境だった。

「わたしは夜の仕事をしているのですが、今日は『臨時休業』にします。こんなこと、もう二度とこないですからね」

皆の反応を確認するようにして、二番はどこかへ電話をしている。話がまとまったようだ。

「いえね、わたしは小さな会社を経営していますので、そこの会議室をいま押さえたところです。どうです、都合のつく方、タクシーで十分弱です」

けっきょく、五人は二台のタクシーに分乗して会社へ向かった。

玄関で会社の案内をされ、会議室へ通された。

「さあさ、リラックスしてください。コーヒーとケーキが間もなくきますから。でも、いうまでもなく、裁判所はこういうことで集まることには反対でしょう。あす、行かれても黙して語らずでいてください。先ほど帰られた五番の方にも、いわば〝口止め〟を、そうですね、一番の方、明日朝に会われましたら、すぐにおっしゃってください」

間もなく配られてきたコーヒーとケーキ、しばらく談笑しながら飲み、食べている。先ほどまでの緊張感はない。部屋の中はまるで何かが吹っ切れた様子でみなぎっている。

「さっきまでの堅い雰囲気が明日も続くのかと思うと、やりきれない気持ちだったの。毎日、家へ帰るとぐったりして、家事は二の次、まず体を休めることから始めることにしていました。裁判官の人たちにわたしたちのこんな緊張感なんてわからないでしょうね」

六番が念を押すように言った。

「ここで裁判の中身にかかわることは一切触れないことにしましょう。裁判官にこのことが万が一にも知られても、いや、わたしたちは〝息抜き〟だったといえるように」

それにも皆が賛成した。四番はきっぱりと、

「それがベストです。裁判所を離れたところで内容にかかわること、機微に触れることのないようにしましょう」

ということで、息抜きにふさわしく、各人の趣味や子どものこと、孫のかわいいことなどに花が咲いた。二時間ほどが過ぎ、いよいよ帰るころとなった。誰かがコーヒーとケーキ代のことを口にした。会場を提供した二番は「いえ、ご覧のとおり、儀礼的な飲み物とケーキのことですから、お気を使われませんように」。

それにはすぐさま反応があった。

「いえ、まだ明日があることですから、ここはきれいにしておきましょう。たとえ少額でもお支払いします。〝おごった〟〝おごられた〟の感情は良くないでしょう。ねぇ、みんな」

四人はくちぐちに「そうしましょう」、二番は「ちょっと待ってください」といい残して事務所へ行った。戻ってくるなり、「それじゃ、コーヒー代　四百円、ケーキ代　四百二十円です。すみませんね。言われてみれば私もそう思います。あすには各人の意思表明だとかいろいろありますからね。ドライにしましょう」

会社を後にして、来たときとは反対に明るい気持ちで家路へと向かった。

2

四日目の朝、昨日までと同じように裁判員たちは登庁した。昨日の〝息抜き〟によって少しばかりの気持ちに余裕が出たようでもあった。

今日は検察の論告、求刑。厳しいものが予想される。評議室、奥村裁判長と二人の裁判官たちはいつもと変わらぬ様子でいつもの席に着いた。裁判長はぐるっと裁判員たちを見まわした。

「みなさん、おはようございます。今日の中心は検察官による論告と求刑、それに対する弁護人の弁論、そして被告人の陳述が予定されております。最後の大事なところですので、注意してお聞きください」

裁判長のいくぶん荘重な言い方に、裁判員の誰もが緊張感で張りつめている。

法廷に入ると、いつものように「礼」ではじまった。

「それではただいまから開廷いたします」

裁判長の声を身近で聞くのも四日目になった。中央に座った裁判長は威厳のあるようにも見えた。

「ではこれより、検察官・弁護人双方の最終意見を伺います。まず検察官に論告をしていただきます。検察官、お願いします」

検察官はメモを片手に持って立ち上がり、呼吸を整えてはじめた。
「はい、検察は被告人・保志一馬に対し、殺人罪の犯人であるとして、その公訴事実の内容について、いくつかの証拠をあげて立証してきました。以下、二件の殺人に対する事実関係、証拠、証言者の信用性、情状関係等について主張してまいります。

第一　事実関係

① 被告人が非常勤講師として勤めていた大学の女子大学院生に対する睡眠導入剤を服用させ、その後、駅構内でふらついた行動によって線路内へ落下し、入ってきた列車に轢かれ、即死に至らしめた件【第一の事件】

② 被告人の勤務する大学の文学部長夫妻をナイフで刺して殺害した件【第二の事件】

二件の犯行とも周到に計画された殺人事件であります。動機は自らの教授昇任を得んが為のものであり、大学の学部長と教員間の出来事として許すことができません。一般社会からの大学への信頼を著しく失墜させたもので、社会的影響も大きいものです。

第二　各証拠から事実の立証

① 第一の事件においては、被害女性の友人から学部長に出された手紙がすべてを物語っており

ます。この手紙は、友人の死を悼む気持ちから自発的に出されたものであり、事の経緯、状況等を詳しく物語っております。

被告人はこの手紙について、全体では否定せず、ただ一か所、睡眠導入剤は入手していないと述べたにとどまっております。しかし、友人の薬剤師とのメールによって、入手方法について知識・情報を得たことは、疑いをはさむことはできません。あるいはこのメール以外で連絡を取り合っていたことは十分に推測できます。M大学院生の書いた手紙は、本法廷に提出された証拠のなかでも最も任意性に富み、状況を明解に示しているうえで合理的な疑いを排除できない証拠と位置付けていいでしょう。

② 第二の事件についてです。現場にあったタオルに付着していた汗および毛髪からのDNA鑑定により、被告人のものと同一と証明さました。被告人は秋祭りのとき汗をぬぐい、どこかで忘れたものと言い訳をしましたが、そのようなでまかせは通りません。被告人が持ってきたこと以外に考えることはできません。またナイフに付着した指紋は明確に被告人のものと断定されました。このナイフを使って殺害したことは疑いをはさむ余地はありません。学部長の帰宅時間を調べ周到に計画された殺害、しかもナイフによる刺し傷は胸を二か所、首にも及んでおり、残虐性が伺われます。

第三　証言者の信用性について

①　手紙の差出人である喜多川英子はきわめて真面目な性格で、亡くなった中野清子とも親友でありました。中野と被告人とのことを誰よりも詳しく知っている友人として、正直に正確に訴えられたもので、法廷において、はじめは泣き崩れることもありましたが、翌日には立派に証言され、その内容にはまったく揺らぐものはありませんでした。

②　科学警察の鑑定人の証言について

種々の証拠について、現在の高度に進歩した鑑定技術を駆使し、本法廷で述べられたことは、科学的良心によるものでありました。

第四　被告人の供述について

①　初日に行われました被告人の陳述に対し、被告人は「否認します」と言いました。そのことについて、長期間にわたる勾留で思考停止していたようなことを言っておりました。しかし、警察や検察は暴力的な扱いはしておりません。供述調書を取った段階ではあくまでも任意性のある状況でのことでした。被告人のいったようなことはありません。あたかも検察を悪者にしようとするものです。

②　被告人質問において、都合の悪い部分になると黙し、何も語りませんでした。犯行後、一切の反省はなく、被害者への謝罪の言葉もありません。このような態度は極めて卑劣としかいいようがありません。中野清子の両親からは犯人に対し、厳罰で臨むよう要望が出されておりま

す。

③　被告人の供述には全体を通じて不自然・不合理であって、その内容は全く信用できるものではありません。

第五　情状関係

三名の被害者には少しの落ち度も瑕疵もありません。それればかりか、多くの人から尊敬され、慕われておりました。三人の死は多くの方を嘆き悲しませました。

いっぽう、被告人には一片の罪の意識もなく、それればかりか、否認に明け暮れております。悔悟の情はまったくありません。言語道断です。

列車に轢かれて死亡した大学院生の中野清子の仲間たちは、学生の自治会組織である大学院生協議会を動かし、犯人の徹底的追及と犯人を重罪にするよう求め、署名簿を提出しております。

被告人は大学の教員であるにもかかわらず、ただ教授になりたい一心、あるいは若い女性との快楽を求めることから生じた殺人事件であります。そこには理性のひとかけらもありません。何かあった時には一歩立ち止まってもう一度考えようとする意識もありません。他の職業の人に対していじょうに、大学教員の犯罪で社会に与えた不安感や衝撃にははかり知れないものがあります。

若い生命、何の罪もないご夫妻を計画的で残虐な手段で殺害した罪ははなはだ大きいと言わねばなりません。

第六　求刑

以上、諸般の事情を考慮し、相当法条適用の上、被告人を

死刑に処するのを相当と思料する。

以上です」

検察の論告・求刑を終え、最後の「死刑」という言葉に法廷はしばらく沈黙した。まさかこのような言葉が発せられるとは、傍聴席にいる誰もが予測すらできないことであった。そのなかでただひとり、周囲の静寂を破るように泣き、涙をすすっている女性がいる。被告人はチラッと見た。あの家内でもこのように泣きはらしていることにびっくりし、複雑な心境だ。収まりそうではないと判断したのだろう、裁判長は廷吏に指示し、法廷外へ出るようにさせた。

静まるのを待って裁判長は次へ進めた。裁判長にとっては「死刑」という文言は聞きなれているのかもしれない。まるで何もなかったかのように、シナリオは淡々と先へと急ぐ。公判前整理手続の際には、すでにこのことを想定していたのかもしれない。

「では次に弁護人の弁論を行います。弁護人、お願います」

「はい、わたしたち弁護人は検察のいう殺人を正面から否定します。第一に、そして最も大きな

ことは、この事件には目撃者がいない、ということです。誰も見たものがいない、後になって証拠らしきものを探し出してでっちあげているのです。第一の事件でメールの記録が提出されましたが、その記録たるやはっきりと睡眠導入剤の入手を裏付けるものではありません。なにやら暗号めいた言葉のやりとりです。これを補足するものもありません。このような証拠で被告人を罪人にしてもらっては困ります。

ナイフに付着した指紋ですが、柄の部分、持つところには瑕が何本かはいっており、紋様は相当欠落しております。とうてい証拠として採用するに本来、ふさわしくないものです。

科学警察を盛んに持ち上げておりますが、たしかに以前より精度は増しているでしょう。しかし、ときには人間は間違いを犯すことがあるということを忘れているように思えてなりません。

検察は、他の職業の人に対していじょうに大学教員の犯罪で社会に与えた重要性は計り知れないものがあります、といっておりますが、なるほど大学を構成しているのは学生と教員です。教員は教え、導く。先生と呼ばれる役割をもった人たちです。一定分野で専門知識をもち、研究している人たちです。しかし、ことさら大学を他の組織と異質にとらえるのはいかがなものかと思われます。〝大学教員の犯罪〟と特別視するのは賛同しがたいのを感じます。人間集団の組織と個人、個人と個人で論じるのが妥当でしょう。聖職者と言われている教会の神父、お寺の僧侶でさえ、ときには破廉恥なことをして新聞やテレビをにぎわすこともあるのです。弁護人は被告人が無罪であると信ずるものですが、女子学生と一泊旅行に行ったことなどは、夫婦間の不和、相互の親和力が欠けていたのではないかと思われます。検察官の被告人質問の際、素早く答えられなかったことに表れております。検察官の言うように、彼が犯人であると仮定しましても、彼を取り巻く〝心の問題〟あるいは事件の深層に切り込めていない不充分さがあります。検察官は死刑を求刑しました。このように短期間の審理で一人の人間の生命を奪う決定はできるのでしょうか。裁判員の方にも責任は大きくのしかかってきます。どうか、じっくり、といっても考える時間は少ないですが、徹底的に悩んでください。切にお願いします。

最後に、検察官は反省がない、と盛んに言いますが、やってもいないものをどうして反省せよというのでしょうか。亡くなられた三人の方にはお悔やみ申し上げます。しかし、被告人は何ら犯行にかかわっていない、したがって、無罪です。無罪なんです」

弁護人は最後の力を振り絞って訴えた。

検察の論告・求刑、弁護側のそれに対する弁論・反論がなされ、裁判は大詰めを迎え、被告人の最終陳述となった。

被告人は検察側の求刑で【死刑】と聞いた後であるだけに、動揺をもったままで証言台の前に立っている。目を閉じて考えた。人生ってこんなものか、《裁判》という儀式で俺は死刑になる。いったい、何のために今までこの世に生きてきたのか、どう考えても答えは出てこない。上壇に並んでいる九人の決定権者、裁判官と裁判員たち。六人の裁判員は前にどこかで会ったことがあるかもしれない。何かの会話を交わしたかもしれない。もしかしたら、わたしの授業を受け、採点されたかもしれない。クジで動員されたそこらにいる、おじさん、おばさんたちに、自分の運命は握られている。犯人憎しとの〝感情〟が支配する場で決められるのだろうか。フランス革命の際、断頭台の前に引きずり出された王のような心境でいる。生死の境目を迎えている。

裁判長の声がむなしく聞こえてきた。

「これで審理は終えますが、最後に言っておきたいことがあれば簡潔に述べてください」

裁判長の求めに応じ、最後の力を振り絞るようにして答えた。

「わたしは人を殺すなんてこと、してません。どうか、裁判官、裁判員の皆さん、何もしていない者を罪に落とすことはしないでください。切にお願いします」

被告人は裁判長からの言葉通り、余計なことはいわずに引き下がった。

「それではこれで結審しますが、明日の午後四時に判決の言い渡しを行いたいと思います」

判決日もあらかじめ公判前整理手続で決められていることだ。検察も弁護側にも異論はない。

「それでは明日の午後四時、本法廷で判決を言い渡します。本件はこれで結審します」

3

裁判員たちは「結審」の言葉を聞き、ただならぬものを感じた。検察官の述べた論告と弁護人のそれに対する反論を聞いて、態度を決めなくてはいけない。はじめに決めることは、【有罪】

か【無罪】か。有罪となればその量刑も決めねばならない。素人である裁判員に突き付けられた過酷な使命。いや、残酷な役割。法廷をでて評議室へ向かうまで、誰も口を利かない。足どりは重い。今までは移動の途中でも談笑があったのだが、それがこのときばかりは誰も口を開かない。「求刑—死刑」との現実にどう向き合うか、六人の胸に重くのしかかった。

休憩の後、評議ははじまった。裁判長が発言を促した。

「まず、そうですね。初日から先ほどまでのご感想でもいいですし、ご自由にご発言ください。いきなり、有罪か無罪かを問いかけるのも唐突のようですから」

これには直ぐに反応があった。

「ご自由にご発言ください、と言われて、すぐに『はい、そうですか』と口を突いて出てくるものではないですよ」

しばらく誰も、何も言わない。沈黙の時間が流れる。下を向いている人、天を見つめている人、何故か裁判長の方を向いて話を切り出そうとする人はいない。意識的に裁判長を避けているようにも見られる。裁判長は裁判員の一人ひとりを見まわしている。心のなかでは○番の方、どうですか、と言いたげである。

いつまでも沈黙は保っておれない。時間は流れゆく。ついに指名した。

「一番の方、いかがでしょうか。どなたかが発言されますと、他の方も誘われるようになりますが」

一番は北条政子。四番の中村寅太は彼女がどう切り出すか、興味をもってみている。しぶしぶ口を開けた。

「難しいですね。検察・弁護双方の食い違う主張、当然なんでしょうが、そこから何が事実であるか、三人の経験豊かな裁判官と同じく、わたしたちにも責任持った判断をせよとのこと、もうちょっと待ってくださいよ。ついさっき、終わったばかりのことですから」

「それでは二番の方」

二番はここにいる六人の裁判員のなかでは最年長と思われる。昨日の〝息抜き〟の場を提供した人でもある。顔には苦労してきたであろう跡も見られる。

「いままでわたしは人生のなかで随分と悩み、苦しんできました。二度の会社倒産、そのたびに信用していた人に背かれ、ひとり嘆いた人生、人生の意味を問い続けてきました。いまだにその答えは見つかりません。人を裁くことの難しさ、それもごく短い期間、裁判所に呼ばれて、法廷の一段高い場所に並ばされ、はじめて聴き、見、経験することをつうじて、法律に対する、いや、人の行為をどう考えていくべきかわからないうちに、有罪か無罪かの考えを問われる、こんな苦しいことってないですよ。さきほどの弁護人の弁論で忘れてならないのは、被告人が犯人であると仮定しても、彼を取り巻く心の問題に切り込んでいないということ、印象に残りました。裁判といえば、証拠や証言のことが注目されますが、被告人を巡る人間関係、心の葛藤も大事なのではないでしょうか」

少し間をおいて六番が手を挙げた。

「いま、二番の方が言われた心の問題、苦しみは痛いほどわかります。でも、裁判員になったとき、この裁判に携わることになった時点でその困難さを背負うことは承知のことだったのではないでしょうか。人を裁くこと、わたしも辛いです。でも、でも、誰かがやらねば……」

しだいに声は大きくなってきた。

四番はすかさず手を挙げた。

「その、誰かがやらねばならないこと、従来は裁判を職業とする人たちによって行われてきました。その人たちは法律を一生懸命に勉強し、難しい司法試験に合格し……と高度な知識と経験を積んでこられている。それにたいし、わたしたちには何もない、いえ、わたしたち、というのは他の方のことは知りませんから、すくなくともわたしにはそのような知識や経験はない、それを承知の上で国はこの制度を採り入れ、国民に苦しませようとしているわけです。いわれたように、なったいじょうは誠心誠意、考えられるだけの知識と経験をもとにして参加していこうと思います。そしてわたしも、弁護人の言われたこと、胸の奥に残ります」

五番もつられるように発言した。

「わたしも今の方が言われたように力を尽くしていこうとは思いますが、未熟者ですから、どこまで突き詰めて考えられるかわかりません。おかしいことを言ったら注意してください」

三番の若い女性は大学院生、証言台に立った女性と同じような境遇である。

「証言に立たれた女性の方、あの場に行けば私も同じようにうろたえてしまうのではないかと思います。裁判所の門をくぐることが第一に〝非日常〟のことであり、証言台に立って証言するのですから。もし事実と違っていたら、それで罪に問われる、『虚偽罪』とか、うかうか話もできません。わたしは大学院生ですから、それを理由に辞退することもできたのです。でも、辞退せずにここまできてしまった。大学では心理学を学んでおります。法廷での経験が自分の勉強に何らかのプラスになるかもしれないと思ったことは事実です。けれど今は反省しております。浅はかなことでした。人の有罪・無罪を判定すること、しかも有罪となれば量刑を決める一員にもなるとのこと、どうして自分にそんな不遜なことができるのでしょう。〝連帯責任〟という言葉が重くのしかかってきます。わたしは悩んでいます。でも、舞台はここまで進んできた。帰れるものなら、帰りたいです」

六人の裁判員たちは一様に悩みを抱えている。

一方、裁判官たちは〝裁くこと〟が職責であるためか、悩みを打ち明けることはないのだろうか。あるいは悩みの種類が異なるのかもしれない。いずれにしても異質な二つのグループ。この両者が特定の裁判で被告人の有罪・無罪を一緒になって決していく。

壁の時計は十二時をさした。裁判長から昼食時間を告げられた。

「十二時になりましたので昼食をとってもらい、午後は有罪・無罪の評議に入ります。一時に再開します」

例によって地下レストランへ連れ立って行ったが、評議室へはいったときと同じく、誰ひとりとして口を利かない。午後からの重大な決定を控え、口は重くなっている。

裁判長は裁判員たちの気をほぐれさせようとしているようだが、誰ひとりそれに合わそうとしていない。今の心境では心の余裕がないのだ。食事は昨日までとは違う。いや、料理そのものではなく、食べるときの〝気持ち〟がそう感じさせているのだろう。空腹のためにただ食べられるものを口に運んでいる心地である。

一人、二人とついに六人全員が食べ終わり、評議室へ休憩に向かった。ひとりぽつねんと窓を見つめながら考えている人、たばこを吸いに喫煙コーナーへ入り、一本、二本と気を紛らわし、立ち上がっていく煙を眺めている。六人はそれぞれの寸暇を過ごしている。

四番の中村寅太は椅子に座り、心を落ち着かそうとした。被告人の顔がチラッと思い浮かんだ。彼と中村とは年代的に近いように思った。中村には愛する家庭がある。同じように、被告人にも家庭があるはずだ。かつてはそこに笑い声もあっただろう。それが今となっては崩壊しているのは間違いない。彼の家庭が置かれているであろう厳しい現実を想像するに、容易ならざるものが浮かんでくる。そんなことを考えていると、午後からの評議で自分はどういう態度を取ればいいのだろう、思いを巡らせている。少しの時間もたたないうちに睡魔が忍び寄ってきた。たちまちのうちに無意識下の世界にはいった。ぼんやりと、ある授業のひとこまが蘇ってきた。〝人は、間違いなく、人を裁くことができるんですか？〟と高校生が発している。いうまでもなく、裁判員裁判について考える原点となったひと言である。それは今も変わらない。あのときの高校生や花沢校長、そして裁判員制度を考える会のメンバー一人ひとりの顔が浮かんできた。特に「考える会」のメンバーがここにいたらなんというだろう、絶えず頭の中を駆け巡る。人が人を裁くこと、誰がその〝裁く〟という権利をもっているのか、ただ単にクジにあたったからだろうか。正当な判断とはどういうことか、厳しく突きつけられる「命題」。わたしにはどう考えてもわからない。頭のなかをぐるぐるとまわっている、いや、迷っているのかもしれない。たしかに、迷っている。

どこからか呼ぶ声でふと目が覚めた。裁判員の同僚からだった。

「四番さん、四番さん、時間ですよ」

四番は目を覚ませた。あ、自分は眠っていたのだ。しかし、このおかげで頭は少しすっきりした。

奥村裁判著はいよいよ核心に迫る話題を差し向けてきた。

「本日は本件について、有罪か無罪かを決していきたいと思います。どなたか、といってもおそらく自発的にはおっしゃらないでしょう。今までとは反対に六番の方からいかがでしょうか」

急に指名された六番は若干うろたえた。最初に発するひと言がなかなか見つからない。このひと言が他の人に影響を及ぼすのかもしれない、とふと考えたとき、うかつに言えない怖さがよぎった。タクシー運転手である六番は、かつて乗せた客たちの会話から、評議の難しいことを耳にしていた。自分のひと言が被告人の運命を決することを。でも、何かを言わねばならない。意を決した。心の奥底では、自分は高校卒なのに、大学の先生を裁いているとの一種の〝快感〟に似たものをもちはじめている。大学に行きたかったが、行けなかった引け目はずっと心の隅にもっている。しかし、それを表にださないように……。

「わたしは、この被告人は〝黒〟だと思います。というより、被告人質問での被告人の受け答えがいかにも取り繕ったようで、疑念を払しょくできなかったのです。検察側の証拠・証言に対し、きちっと反論できないということは、被告人にとって大きな汚点です。今はこれくらいにして、他の方の意見を聴きたいです」

最初の見解は〝黒〟すなわち〝有罪〟だった。他の裁判員たちは神妙に耳を澄ましている。

「では五番の方」

五番の女性は夫が東南アジアへ海外赴任中で小学生の息子と二人で暮らしている。この裁判期間中は近くに住む母が孫の面倒を見に来てくれているという。昨日の〝息抜き〟はそのために参加しなかった。でも今は裁判員としての務めを果たそうと最後の踏ん張りどころと思っている。

「わたしは証拠として出された〝手紙〟がすべてを語っていると思います。お二人の殺人事件以前に書かれ、発信されているということに、信頼性というか、二つの事件の疑いえない事実を示しているのでしょうね。わたしは〝有罪〟だと思います」

二人続けて有罪の意見が出された。

「それでは四番の方、お願いします」

四番も考えた。さきほどの仮眠中に見た情景が静かに迫ってくる。今までいろんな場所で発言してきた。教員としての毎日の授業のみでなく、会議や集会など、それなりの責任をもって言葉を発してきた。しかし、今、この場での発言ほど重みのあることはないのを実感している。うかつなことは言えない、迷うのは当たり前。もう一度、証拠と証言を振り返った。四番にとって印象に残っているのは、弁護人が述べた「……この事件には目撃者がいない」ということであった。

重い口を開けた。

「裁判官の方がたは今までに多くの事案に関わってこられたことでしょう。わたしはいうまでもなく、はじめてのことです。事件といえば、テレビで観たり、新聞で活字として接したりのことです。一つの事件について深く考えたことも当然ながら、ありません。そういうなかで、裁判員になり、はじめての体験をしました。有罪にするための確信、真っ暗な闇の中にほんの少しの光も見えないか、と煩悶してみると、どこかに光の細い線が差し込んできたりもするのです。でもその線は途中で見えなくなったり。抽象的な言い方ですが、要は自信をもって『黒』と言い切れるものをもっていないのです。一人の人間の有罪・無罪について素人の私が関わっていいのだろうか、と絶えず悩まされました。そしてこの瞬間、ある考えを言わねばならない辛い時です。弁護人の述べた『目撃者がいない』に私もこだわりたいです。他の点ではほぼ被告人のものだろうと疑うことに躊躇しませんが、目撃者のいないことに、したがって、〝無罪〟です」

四番にも思いつめた跡が見られる。

次に裁判長は三番を指名した。

「わたしは複雑な気持ちでいます。といいますのも、手紙を書いた人、証言台に立った人と同じような境遇だからです。大学院生で論文を書き、就職先を探しているということで。もし、わたしが手紙の差出人であったなら、被告人の行動は絶対に許さないでしょう。勇気を振り絞って手紙を出されたこと、立派だと思います。第一、非常勤講師といえども、そこの大学院生と不適切な関係になるなど許せないことです。わたしはまだ若いです。世の中で働いてお金をもらうなどの経験もごくわずかのアルバイトくらいです。社会のよくない面、不純なことにもまだ無垢に近いです。だからそう感じるのかもしれません。これがあと十年、二十年と生活し、世の中のいろんなところを見てしまいますと、また別の考えをもつのでしょうか。でも今は、あの被告人が許せない気持ちです。亡くなった彼女は将来の芽をつぶされたのです。永遠に」

しばらく考えるようにして言ったひと言。

「有罪に……」

三番は最後には目に涙を浮かべていた。

次は二番だ。昨日の〝息抜き〟を設定した人物。いま心境を吐露した三番の女性とは親子ほどの年齢差があるのだろうか。

「今お話しされたこと、痛いほどわかります。同じ女性同士の大学院生として、自分の身に置き換えて考えてみると、お話しされたことになるのでしょうね。わたしは決して否定しません。わたしはある会社を経営しておりますが、今まで二度の倒産にあいました。全幅の信頼を置いていた人に裏切られ、人間不信に陥ったのです。しばらくは誰をみても信用できなくなり、世の中は〝末世〟とさえ思うようになりました。いろいろ生きてきますと、俗にいう世の中の〝酸いも甘いも噛み分ける〟ようになって今日に至っております。でもまだまだ未熟者です。人間社会の複雑なこと、人の心の奥深いこと、生き難いですね。さいきん、親鸞さんの思想を著しているという『歎異抄』を読みました。そう、有名な一節に〝善人なおもて往生をとぐ、いわんや悪人をや〟との有名な言葉があります。世間ではともすれば表面的な字句が独り歩きしておりますが、実際は奥深い意味があるようです。今はまだこういうことだと、ひと様に言えるほど理解できておりません。理解の仕方が間違っているのかもしれません。あ、横道にそれてしまったすみません。心は大いに迷っています。被告人が有罪か無罪かということ、判断の大原則は、法廷に出された証拠・証人の証言のみをよりどころとして考えるのですよね。ふと思ったんです。公判前整理手続で採用されなかったものにどんなものがあるのか、いっさい表にでてきません。わたしたちが尋ねても答えてもらえないでしょう。それから、その手続き以後に出てきた、モノによっては何らかの影響のありそうなのでももはや〝失格〟になるのだ、と。すなわち、被告人にとってあるいは検察側にとってさえ有力なものが葬り去られるといえば言い過ぎかもしれませんが、〝なきもの〟とされる。今回、そういうものがあったのかさえ分からない。わたしたちは限られたものでもって考えざるを得ないということです。それからこれはぜひともいっておきたいことです。こんなに短い期間で被告人の運命を決定するひと言を表明せねばならないこと、よくも引き受けたもの、いや、引き受けさせられたものと思います。こんなことを言うと、裁判長さんは〝早く結論を言え〟とばかりにやきもきしておられるでしょう。しかし、私はこんなことを言いながらも考えているのです。皆さんも同じでしょう。〝被告人は推定無罪〟との考えのもとに裁判に臨まねばならないと思いました。絶えずその想いを捨てないように、ずっと法廷の一段高い場所におりました。しかし、少しずつ何色かに染まっていく自分を見たのです。でも、何色かわかりません。無色から〝世の中の色〟に変わってきました。わたしは、被告人は〝黒〟に近いと思います。けれども、どこをついても黒かというと、そうではありません。〝有罪〟にするには釈然としないものをもっております。それが何か、うまく説明できません。人は年齢とともに性格は丸くなると言われます。刺が少なくなり、若いころにもっていた攻撃性は和らいできます。それは同時に他人に対して寛容になることでもあると思います。わたしもそうありたいと念じております。年寄りになって話が長くなり、申し訳ございません。結論は、黒にははなはだ近い〝灰色〟、百パーセント黒と言い切れないため、二者択一でいえば、〝白〟です。まとまりのないことですみません」

裁判員たちは、他の人の意見を実に謙虚に聞いている様が伝わってくる。

最後の一人になった。一番だ。

「他の方々のご意見を伺いながら、わたしも考えておりました。でもまだまとまっておりません。いつになったらはっきりするのか、わかりません。悩んでいるのです。五番の方が言われたように、わたしもこの歳になるまでずいぶん人生勉強をしてきました。最初の夫は子どもが小さい時に、帰り道でやくざに絡まれ、ナイフで一突きにあって重傷になり、病院へ駆けつけたときには会話もできない状況で、やがて命は絶えたのです。もし、その直後に裁判員になっていたとしたら、もちろんその頃は裁判員制度そのものがなかったのですが、悲劇の感情の赴くままに迷うことなく、有罪といっていたでしょう。あれからずいぶんと時間は経ちました。今は落ち着いて考えられます」

ここまで言って天上の方を向いている。何かを思い返しているのか。

「あ、すみません。わたしのことを言っても仕方のないことですよね。わたし、考えるんです。人が人を裁くってこと、はたして誰が、どのような人にできるのだろうかって。人間には間違いはつきものです。でも、裁判ではそんなことはいってられない。無罪の人を有罪にしてその過ちを誰が償えるのでしょう。反対に有罪の人を無罪にすると、罪を犯した人を何の咎めもなしに社会に放してしまうことになります。これまた社会にとって大きな不安になります」

(目を閉じて考えている)

「有罪か無罪かということは、感情をまったく度外視したもので、提出された証拠・証言に基づいて考えますに、どれがというのでなく、これで有罪にして良いのだろうか、しかも、有罪にしたなら、検察のいう極刑、あるいはそれに近いものが想定されます。それを考えますと、それでいいのだろうか、そういう結論を下して後になって悔やむことはないだろうかと煩悶します。何を言っているのかわからない、と思われるでしょう。それはとりもなおさず、考えがまとまっていないからです。ということで有罪にするには無理がある、したがって、〝無罪〟とします」

ようやく裁判員六名の意見が出そろった。

有罪とした者は、三番、五番、六番の三人。

無罪として者は、一番、二番、四番の三人。

同数に割れた。比較的年輩者が無罪を主張し、若いと思われる人たちが有罪としている。これは何によるのだろう。さきほど、二番の言ったこととどこかで結びつくのだろうか。

奥村裁判長と二人の陪席裁判官は静かに聞いている。いずれも真摯な悩み抜いた意見で心にくるものがあった。

「それではわたしたち裁判官も意見を表明しなければなりません。順々に、それでは小林裁判官から」

左陪席判事の小林章夫は三人のなかでは経験年数は一番若い。さまざまの判例や先輩の意見などを参考にしながら研鑽に努めている。

「この事案について提出された証拠の一つひとつ、証人の証言を聴いておりますと、自信をもって有罪にするだけの完全なものではないような気がします。特に人物画像ですが、あの不鮮明なものでは人物を特定するのは無理があるのではないでしょうか。有罪にするにはすべての証拠においてて、完全なものであってほしいと思います。百パーセント〝黒〟と断定することはできないと思います。したがいまして〝無罪〟とします」

二番目の裁判官は女性で正木弥生という。傍聴人たちは初日から好奇の目で見ていた。というのも、女優にしてもいいような美人、気品のある顔からは高貴ささえただよっている。彼女の声を聴くのは裁判員にとってははじめてだ。今まで裁判官として言うべきはすべて奥村裁判長が取り仕切っていたから。右陪席裁判官であるため、先の小林裁判官よりは経験年数は長く、すでに何か所かの裁判所でそれなりの実績を積んでいることと思われる。

慎重に言葉を選ぶようにして、話しだした。

「他の方と同じように、わたしもどの裁判のときでも悩み、葛藤します。過去に携わった事案を思い返したりもしますが、少し似ているというのはあっても全部、一つずつ異なっているものです。すべては先ほどの裁判員も言われましたように、本法廷に提出された証拠・証言で考えていかなくてはなりません。証拠・証言を頭の中で蘇らせ、法廷でのメモも見直しました。その結果、わたしは被告人が犯人である、すなわち〝有罪〟であると思うに至りました。付け加えておきますと、先ほど言われた目撃者がいない、ということですが、事件のすべてに目撃者がいるわけではありません。被告人が罪を認めていなくてもあとは状況証拠だけで有罪になることはしばしばです。以上です」

裁判官は一対一になった。残りは裁判長であるが、彼の発言はやはり裁判長であるだけに〝重み〟のあることは疑えない。どのような発言をするか、六人の裁判員たちは興味津々である。裁判長の隠れた意識、脳裏にしまわれた場面として、半年ほどに及んだ公判前整理手続の期間、終始一貫して被告人は罪を認めていた事実がある。弁護人が被告人と接見した際にも、その前提で弁護方針などが話し合われたという。いくら法廷に出された証拠で判断せよといわれても、半年ほどの弁護人、検察を含めた「手続き」は何だったのか、ということにもなる。裁判長にとって〝失われた半年〟の意識を払拭するには大きな葛藤が迫られる。

少しの間、考えた。あの半年の〝空気〟は忘れるんだ、と頭のなかを何かが去来している。

「まずもって裁判員の皆さん全員が事案に正面から向き合い、真摯に考えておられることに感謝いたします。本法廷に提出された証拠・証言に対し、〝事実〟をどう認定するかがカギになろうかと思います。本件は二つの事件を、すなわち女子大学院生が薬物によってふらつき、駅から落下して電車に轢かれ、死亡した事件。もうひとつは小さな山、といいますか丘の上でご夫妻がナイフで刺されて亡くなった事件、を扱っております。被告人が同じで、かつ関連しているということで『併合審理』に付されました。

被告人は取り調べ段階では犯行を認めておりました。けれども裁判初日、検察側の起訴状朗読があり、直後の被告人弁明で初めて『否認します。しておりません』と言明いたしました。それからが証拠調べ、証人の証言に入りました。喜多川英子の手紙が全文読み上げられ、それを書いた人の証言がありました。手紙の内容に嘘・偽り、飾ったところはないと思われます。書いた人がかつて友人から聞いたことなどを淡々と書いており、充分に信用できるものと思います。書かれた時、あるいは学部長に送られた時も、まさか法廷に出されるとは夢にも思わなかったでしょう。そこに〝作為性〟はまったくありません。

被告人と友人の薬剤師とのメールでのやり取りについて、弁護人は暗号のようなやり取りできちっと薬のことを特定し、頼んでいるとは思えない、とのことでした。けれども、一般的に考えて、やばいことを頼むとき、はっきりと名前を出してメールすることは考えにくいのではないでしょうか。メールの発信・受信記録は後に残るものです。メール以外にもしかしたら電話とか何かで十分に意思疎通があったのかもしれません。だから暗号めいた文面で通じると理解するのが妥当でしょう。被告人が被害者の飲み物に睡眠導入剤を飲ませ、それが基となって帰り道の駅でふらつき、列車に轢かれたことは疑う余地がありません。

現場に残されていたナイフとタオルです。ナイフの持つところ、柄の部分には付着していた指紋、疵があったのですが、これを科学警察は加害者のものと同一と判断しました。弁護人は柄に疵があって完全な指紋として残っていない、鑑定結果に疑問がある旨申しておりました。鑑定人は指紋を特定するためのいくつかの特徴点について説明し、間違いのないことを述べておりました。

次にタオルの汗、それに付着していた毛髪などによる鑑定です。これらの技術はずいぶん精度を上げてきております。十年前とは格段に進歩しております。その結果を尊重するのが妥当でしょう。タオルは祭りの際、汗を拭くなどして使用し、どこかに忘れたといっておりますが、どうして殺害現場にあったのか、説明することはできません。現場へ行ったときに持っていたことは否定できません。被告人のものと判断するのが妥当です。さらに血の付いた新聞紙には付着した血のＤＮＡ型は被告人のものと同一であったこと、決定的といえるものです。

防犯カメラの画像。これについてはわたしもあのぼやけた画像で特定の人物と確認することには無理があるように思います。

以上すべてを総合的に判断して、被告人は『有罪』と考えます」

六人の裁判員は裁判長の説明を神妙に聴いた。一つひとつの証拠について、論証を加えている。「有罪」と言葉は重くのしかかった。奥村裁判長はおそらく二十年か三十年の判事生活をしているのだろう。裁判過程を振り返り、諄々と説くような見解表明に首肯する者はほとんどだった。

証拠についてその妥当性を一つひとつ説明されると、裁判員たちはなるほどと傾いてしまいそうでもある。けれどもここは「裁判員」として迎えられたものが備えているであろう〝健全な社会常識〟と〝市民感覚〟を大いに発揮する場であると考えた。その根底となるものが各人の〝良識〟である。

しばらく、沈黙のときが過ぎた。裁判長の見解を聴いて先に表明した〝黒〟か〝白〟かの見解を変えるのも自由である。今の段階なら。だが誰も見解を変える発言はなかった。

裁判長は口火を切った。

「どうでしょう、みなさん、裁判員のご意見では有罪と述べられた方、三番、五番、六番の方。無罪と述べられた方、一番、二番、四番の方で間違いないでしょうか?」

誰も首を横にはふらなかった。それればかりか顔は曇っている。

「裁判官は無罪一名、有罪が二名、ということで、両者をたしますと、有罪が五名、無罪が四名となります。見解が分かれた場合、一定の条件、すなわち裁判官と裁判員のそれぞれ一人以上を含む過半数が必要とされています。今回の場合はそれに合致しております」

裁判長はこれで前へ進めていけるとの一種の安堵感をもっているようだ。

おいおい、そんな算術計算じゃないだろう、どこからか声が聞こえてきそうだ。

「それではこれで本日の評議は終了します。明日は『量刑』の審理に入りたいと思います」

重苦しい足音は、裁判所通用口から遠のいていった。

裁判員六人は、家でどのように時を過ごしたのか、わからない。暗く、重い苦悩の石を払いのけようとしても容易には落とせない、容赦のない朝を迎えた。そこには〝守秘義務〟というどうにもしがたい〝壁〟が立ちはだかっている。誰にも相談できない苦しみはひとりで抱え込まねばならない。苦悩を発散させる〝やり場〟がない。

いよいよ五日目。最終日を迎えた。今日で重苦しい任務から解放されるという喜びでなく、〝苦しみの総決算〟の気持ちである。

裁判長は六人の心情など無視するように発言する。スケジュール優先のようだ。

昨日には被告人に対し、「有罪」ということは決まった。本日はその先へ進もうとしている。立場の異なる二つのグループ、裁判官三人と裁判員たち、対極に位置している。複雑な気持ちだ。裁判の審理に参加するということは、国民の〝義務〟としてなのだろうか、いや、義務なんかじゃない、権利でもない。それじゃ何なんだ。ある日、裁判所から「呼出状」なるものが舞い込み、辞退できる条件などは書いてあったが、それに合致するわけでもなかったため、いつのまにかここまできてしまった。しかも、人の人生を大きく左右する場面にいる。いまさらながら恐ろしさを感じざるを得ない。シナリオは頁をめくれば残酷極まりない舞台へと進むのだろうか。

裁判長は感情を表面に出さず、淡々と進める。今日はなぜかパソコンが一台置かれている。裁判員たちは奇異に感じた。

「それでは量刑の審理に入ります。検察官は『死刑』を求刑しました。何故、死刑を求刑したのか覚えておられるでしょうか。おさらいをしましょう。しかしこれはあくまでも検察官の言い分です。

第一の事実関係について。初日に本法廷では二つの事件を扱い、併合審理に付する旨わたしから申し上げました。その二つの事件、それは女子大学院生が駅構内でふらつき、線路上へ落下し、走ってきた列車に轢かれて即死した事件と、もうひとつは大学の学部長夫妻がナイフで刺されて死亡した事件のことです。この二件とも同一の容疑者で起訴され、同じ法廷で審理に付されることが妥当となりました。第二、検察官は証拠を提出し、事実関係を立証してきました。手紙、タオル、指紋、毛髪などです。第三には証言者の信用性は十分であるとしております。第四に、被告人の供述は信用できないと断じ、そして第五に、情状関係では、三人の被害者には何の落ち度も瑕疵もないこと、一方被告人には、罪の意識はなく、悔悟の情がない、等を述べ、求刑として死刑を言い渡したのです。

これに対し、昨日に出された皆さん方のご意見では、有罪とされた方三名、無罪とされた方三名、裁判官は有罪二名、無罪一名となり、合計五対四で『有罪』となりました。これからその『量刑』の審理にはいるところです。これまでのところで何かございましたら……」

裁判長は昨日の評議についてかいつまんでまとめた。

裁判員六名は押し黙ったまま、ほとんど下を向いている。有罪といった者も、無罪といった者も一様に大きな責任を負っている。〝無罪〟を主張した者でさえ、極刑になったときの責任感をはねのけることはできない圧迫感をもっている。連帯責任だろうか。誰も裁判長のほうを見ない、いや、見るのが怖いようでもある。

この場で声を発するのは裁判長ひとり。

「おっしゃりにくいとは思いますが、どなたかが先陣を切っていただきますと、あるいは続いて話されるのではないかと思うのですが」

やはり、六人のなかで最年長と思われる二番がようやく重い口を開いた。

「これから大変重い決定をしなければならない。本来でしたら、無罪を主張したものを免除して決めていただきたいのですが、そういうわけにはいかないのですか？」

「ええ、やはり全員で審理することになっております。ご理解のほどを」

「そうなんだろうなと思います。無罪を主張した者にも量刑の審理に加われ、と言われる。なんとむごいこと。こんな罪作りなことってないですよ。公判前整理手続によって提出される証拠、証言者が決められ、聞くところによりますと、三者での協議以降に出てきた証拠などは受け付けられないというじゃないですか。またそこでは細かい法廷スケジュールも決められ、それによって時計を見ながら進められる、まさにスケジュール裁判ですよ。わたしたちの負担を少なくするための〝迅速化〟は〝拙速化〟といわれても反論できにくい状況で進められてきました。わたしの理解に、もしかしたら間違いがあるかもしれません。でも大枠ではそういうことだと思います。検察は死刑を求刑しました。こんなに短い審理で。まるではじめから求刑内容を予定していたかの印象です。重大な刑事事件がこんなに簡単に扱われていいものでしょうか」

六番は反論した。いくぶん、気持ちが昂揚しているようにもみうけられる。

「しかし、それがその裁判員裁判なんですよ。これは国会で決まったことです。国会は国民の代表で構成されています。そこで決まったことは尊重されるべきでしょう。いやなら出ていけば……」

それを聞いて二番は立ち上がって帰ろうとした。すかさず小林裁判官はなだめるようにして椅子へ戻した。しばらくの間、不穏な空気が漂った。その場は少しのトゲでも破れやすい風船のようだ。

裁判長には早く進めていきたいもどかしさがある。

「国民の皆さまにはいろんなご意見のあることも承知しております。この制度の眼目は、司法を、裁判をより国民の皆様に近づけていくのが狙いです。審理過程におきましても、社会の皆さまが持っておられる健全な社会常識を採り入れ、市民感覚をも併せ持って進めていくというものです。その意味で、二番の方が言われましたことも十分に心しながら進めていきたいと思います」

裁判長の通り一遍の説明は、説得力がない。教科書から引っ張ってきたような言葉、四番はかつてこの言葉をどこかで聞いたことを思い返した。そう、裁判員制度を考える会では、むしろ中心的なテーマと思っていたほどだった。勇気を振り絞って発言した。

「わたしはこの裁判員に登用されるまでに、裁判員制度について少しばかりの関心をもっておりました。でも、いくらなにがなんでも実際に登用されるなんてないさ、と思ってました。それが間違いだったかのように、ある日、裁判所から『名簿記載へのお知らせ』という書類が届き、今回に至ったのです。以前、ある人から問いかけがありました。『人は、間違いなく、人を裁くことができるのでしょうか?』と。この言葉は〝命題〟ともいっていいひと言でした。この裁判期間中、わたしの頭から離れることはできません。実際に経験してみて、先ほどの方が言われましたように、細かいスケジュールによって進められていく、短期間のうちに審理は終わり、さあ、結論を出せ、と迫られる。人間の一生を左右する大きなことに対して、これでいいのだろうかと思います。昨日かおととい か、どなたかが言われました。裁判官だけの審理ですと、公判からつぎの公判までの期間は、短くても一週間、二週間、あるいはひと月とあって、その間に書類や証拠などについて精査できます。その精査する人は、長年の経験を積み、訓練を積んだ裁判官の方が行うのです。わたしたちのような素人ではありません。司法の国民参加とかいう美名のもと、とんでもないものに巻き込まれているような気がしてなりません、わたしだけでしょうかね」

一番は遠慮しながら手を挙げた。

「すでに被告人は有罪と、この場で多数決で決まったようです。けれどもたとえ〝無罪〟と決定されていても、彼はじゅうぶんすぎるほどの〝罰〟を受けているのです。無罪になるということは、検察官による起訴そのものが正当ではなかったとみてもいいのじゃないでしょうか。逮捕から起訴という時点で〝被告人〟という肩書で呼ばれ、報道され、手錠と腰縄姿になる。これだけですでに大きな罰を加えられております。職を失い、家族は路頭に迷い、事件によってはその模様を事件記者やマスコミは興味半分で取り上げる。人が人を貶めるのは、実に簡単です。何十年と掛かって築き上げてきた実績も名誉もいっしゅんのうちに崩れていきます。見事なまでに。人が人を罰するとき、慎重の上にも慎重でなければならないと思います」

裁判長は時間の経過にやきもきしている。彼にとっては「裁判官」でいる間の職務のひとこま。しかし、裁判員にとっては一生でたった一回携わる裁判、いま、人を裁くという一大事のほぼ最終局面にたたされている。

「皆様の想いに十分配慮しつつ、進めていかねばなりません。今求められているのは、有罪と決せられた被告人に対する量刑のことです。はたしてどのような刑が適切なのか、ご議論いただきたいと思います」

別の裁判員が裁判長の意図を汲むように発言をした。

「量刑には量刑基準というか、こういう罪にはこれくらい、との判例、これまで積み上げてきた事例集的なものがあると、どこかで聞いたのですが」

「ええ、確かにあります。でも、それを提示する前に、ご自由な意見を出していただくのが良いと思うのですが」

裁判員たちは、意見をどう切り出せばいいのか、見当がつかない。

一番が思いだしたように言った。

「あの、いつか聞いたことがあったのですが、最高裁判所が死刑にするにやむを得ない基準というか、考え方を判例で示し、それがその後の死刑を考えるときの基になっていると……、なんとか基準……」

二番がフォローした。

「わたしも耳にしたことがあります。その名前、忘れてましたが、記憶を取り戻しました。たしか『永山基準』というものです。裁判長さん、そうですすね」

裁判長はいつかはこれに触れねばならないと思っていたが、早くに求められたので、話しやすくなった。それになんといっても最高裁判所の定めた判例であるため、下級裁判所は尊重せざるを得ないものだから。最高裁の意に沿わない判決は出せない。最高裁事務総長の「目」もある。個々の裁判官の今後の〝行方〟にもかかわってくる。この裁判員裁判は、ある意味、社会の注目が向けられており、それだけに上級裁判所も注目している。

ふと奥村裁判長の頭のなかをあるものがよぎった。同期の裁判官は早くも高等裁判所の判事に就任している。司法修習所で机を並べた仲だ。彼にならって……、となるとますます最高裁の判例を尊重しておくことが陰に求められる。

裁判長はパソコンを開け、準備している。横から若い小林判事が手伝っている。通じたようだ。

「いまおっしゃいました『永山基準』ですが、探してみましょう」

裁判官にとっては充分に熟知しておかねばならないこと。奥村裁判長はそれをこのように演技している。

ほんの少し、操作をした。

「はい、出てきました。昭和五十八年七月八日に最高裁の判決で死刑の基準を示したものです。被告人の名前から取って『永山基準』といわれ、以後の死刑判断基準になっているといってもいいものでしょう。その時の判決文の一部を見ますと、

「死刑制度を存置する現行法制の下では、犯行の罪質、動機、態様ことに殺害の手段方法の執拗性・残虐性、結果の重大性ことに殺害された被害者の数、遺族の被害感情、社会的影響、犯人の年齢、前科、犯行後の情状等各般の情状を併せ考察したとき、その罪責が誠に重大であって、罪刑の均衡の見地からも一般予防の見地からも極刑が止むを得ないと認められる場合には、死刑の選択も許されるものと言わなければならない」

一同は聞きながら、考え込んでいる。検察官の論告で述べた各要件をもう一度思い返している。

裁判長はこの文章を読み上げただけではわかりにくいと思い、補足した。

「今の文章を項目風にまとめるとわかり易いと思います。判決文と言いますのは、持って回った言い方をしますからね。一、犯罪の性質、二、犯行の動機、三、犯行の態様、特に犯行方法の執拗性、残虐性、四、結果の重大性、なかでも殺害された被害者の数、五、遺族の被害感情、六、事件の社会的影響、七、犯人の年齢、八、前科、九、犯行後の情状。ということになります」

裁判官たちは淡々としている。

五番の女性は、

「検察官は論告で被告の悪いことを述べ立て、求刑で死刑を言ってきました。そのことはわかる気がします。次には、この裁判を通じて明らかになったことが、今の基準に照らし合わせてどうなのか、との議論にはいればよろしいのでしょうか」

四番はこの女性の意見を聴きながらもなお考えている。先ほどの永山基準についてわからないではないが、じっくり進めてもらいたい気持ちがある。しかし、時間がない、あまりにも少ない。一人の運命がかかっているにもかかわらず。しかも『死刑』の求刑を受けてのことである。無罪を主張したにもかかわらず、それは少数意見で通らなかった。五対四で。この一名の差が、被告人の運命を決定づけてしまう。なんとも非情な多数決だ。黙っていようと思いながらもそうさせない〝良心〟がある。

「今、わたしたちには大きな岐路に立たされています。といいましても、いくら私が声を大にして叫んでも『有罪』は動かないものになったようです。今でもそれが正しいのか、自信がありません。五対四との僅差で決められました。裁判長さんの指揮でこれから具体的な量刑を審理されるのですが、まさに各個人の良識が問われているように思えてなりません」

六番は四番の話が終わるのを待っていたように話し始めた。

「四番さんのお気持ちはわからなくもありませんが、ひとつずつ進めていかなくては前へ進めません。有罪と言われた方も、まさに断腸の思いでいわれたのです。すくなくともわたしはそうです。仕事を何日も休み、わずかな日当で、ですよ。働いている方が収入は多いですよ。でも、ここに出る羽目になった。望まないこの数日間です。でもここにいる間は真剣に耳を傾け、考えました。世の中のこと、社会の断面、仕事のこと、人間関係のこと、心の悩み、この裁判に臨んで可能な限り考えました。四番の方がいつか話されたと思いますが、健全な社会常識をもっていると自分勝手に思っている一人として。裁判長さん、先ほど言われた八項目について、この事件の被告人に当てはめて検討していきましょう。

けれどもみなさん、世の中の、社会秩序を守るためには、悪いことをした奴にはそれ相応の罰が必要ですよね。今回のことでは、無抵抗の人たち三人を殺害しているのですからね。

社会正義のために、重い判決を……」

六番はここでちょっと浮いた状況になっているのを見落としているようだ。

次に発した言葉、

「大学の先生も地に落ちたもんだ」

一番はこれを聴いてピシッと止めた。

「大学の先生とか、関係ないことですよ。それに〝社会正義〟との言葉、軽々しく使わないでください」

火花が散りそうになってきた。裁判長は五分間の休憩を宣した。

裁判長は裁判の責任者として、法廷での指揮のみでなく、裁判員裁判では予期せぬことを経験している。どんな場面になっても落ち着いて進めていくことが求められる。

五分の間に場の空気は修復された。

「それでは進めてまいります。第一はこの犯行そのものについて、どのように見ておられるでしょうか。犯行の性質についてですね。これからの議論はより深めていく意味でも、無罪と主張された方もどうか活発なご意見をお願いいたします」

〝犯行の性質〟はどうですか、と言われてもすぐに的確な意見を言えるものではない。沈黙の時間が流れた。第一声が難しい。相当の勇気がいる。誰かの発言を待っている。

六番が口火を切った。今度は静かな口調であった。

「今回の事件といいますか、犯行は何も罪のない、いわば善良な市民を殺したという点で、そうです、被害者は何も悪いこと、恨まれるようなことをしておりません。学部長夫妻の殺害については、教授昇任審査の責任者であったということ、また女子大学院生に至っては、一泊旅行に誘われ、それは進んで、というか喜んで行ったのか、あるいはいかないと論文指導か何かで意地悪をされるかもしれないと思ったかはわかりませんが、なにはともあれ、一緒に行って男女の関係になり、そのことが学部長などにばれると人事審査に不利になると勘ぐり、いや、そればかりか、教員としての身分にさえ影響を及ぼすと憂慮したでしょう。〝消す〟ことを企んでのかもしれません」

ここまで言ったとき、裁判長は釘をさした。

「六番さん、あくまでも法廷に出された証拠・証言のみで判断してください。憶測ははさまないように」

「はい、わかりました。でも犯行の性質を考えるには必要なことと思ったものですから。大学の偉い先生でも破廉恥なことをするんですからね」

三番は六番が話しているのを聴きながら、いかにも心理学を勉強しているかの言葉を思いだした。〝物事の真理というものは、見えているモノより、見えていないものにこそ、潜んでいるものだ〟ということを。

一番も続けた。

「わたしは無罪と言ったのに、ここで発言するのはおかしいように思いますが、裁判長さんのおすすめもあり、言わせてもらいます。有罪、とした上での感想では今言われた方の考え方が成り立つのだろうと思います。しかし、それにもまして、学部長が不利な動きをしているということを知ってどうして殺害にまでいくのか、他に円満に話し合うとかの方途はなかったものかと、大学の先生同士、何か良い解決策はなかったものかと思います。これは〝大学内部〟の世界を知らない者のいうことです。教授昇任が一年や二年遅れても別段どうってことないと、これは門外漢のものだから言えることですね」

三番の大学院生は学生の身分であり、心理学を学んでいるためか、傍から見るよりも悶えるように悩んでいる。そのうえ、なんといっても、大学を舞台に生起したことだから。静かに話しはじめた。

「大学の先生方の人事がどのようにして決まっていくのか、まだ若いわたしにはわかりません。ただ、信頼している先生が殺人など、決してしてほしくないと思うだけです。人間社会は信頼関係で成り立っている面が多いですよね。大学における学生とは一方的に先生を信頼し、頼っていくしかないのです。先生とは〝先に生まれた人〟ですから。長く生きてきただけのもの、単に知識だけでなく、倫理性においても後に生まれた人、学生などの良き先輩であったほしいものですね。指導する立場にある人です。でも、わたしはこれからも世の中の不条理に悩まされていくのでしょうね」

裁判長は決められた時間内に決していきたい一心である。裁判員たちにもその気持ちは伝わっている。

「次の検討内容としまして、犯行の動機、犯行の態様、特に犯行方法の執拗性、残虐性などがありますが、ひとつづつ分けられるものでもなく、互いに結びついているようにも思います。そういう方向でご意見を戴ければ……」

一番は苦しそうに言う、

「そうはいわれましても、いずれは検察官の求刑した死刑についてどう考えるか、と窮極はそこへ行きつくわけですよね。絶えずそのことを意識しなくちゃならない、なんとも悲しい評議ですね」

五番も同意のようだ。

「わたしは有罪としました。けれど、この先へ進むのが、怖いのです。うまく言えませんが、きっと、こんなわたしに人を罰することができるのか、との大きな疑問があるからです。そう、刑罰を決めるこの場にいることが恐ろしくなってきたのです」

評議室内には重苦しい空気が充満している。

三番の苦しみは消えない。

「ここで評議が進んでいくにつれ、裁判長さんのみえざる誘導によって、ある方向へ差し向けられているような気がしてならないのです。これはわたしだけの心配なんでしょうか。そうであればいいのですが。すみません」

彼女があまりにも心静かに、しかもしっかりと言っているだけに、他の裁判員に与える印象は覆い隠せないものをもっている。

自ら進んで発言しようとする裁判員は見当たらない。奥村裁判長が過去に経験したときとは違う。その時は懲役刑であった。あきらかな違いは、検察官が死刑を求刑した後だからであろう。窮極の「二文字」を突き付けられて心は尋常ではなかった。

五番が裁判長に懇願した。

「あの、子どものことが気になります」

場の空気はガラッと変わった。

子どものことが心配なのは事実であろう、しかし、それよりも他に原因があるのを裁判長には気がついている。

「こんな難しいこと、わたしには無理です。引き受けるのは間違っていました。帰らせてください」

思わず泣き出した。

言うなり立ち上がって、帰りかけた。女性の正木裁判官は五番に寄り添うようにして座らせた。裁判長は困惑した。補充裁判員はいるにはいるが、重要な量刑を決める場面での交代は避けたかった。それにこのようなことで裁判員が交代したとなると、裁判長としての体面にも影響する。

「お気持ちは察しますが、あと少しのことですので、なんとか乗り切っていただけませんか。お願いします」

「乗り切ってくれ、と言われましても、あまりにも苛酷です」

奥村裁判長は正木裁判官に、五番に気配りするよう、目配せをした。五番はハンカチで目を抑え、耐えるようにしている。

一番も家へ帰れば子どもが待っている。五番よりは大きいためか、訳を話して留守をさせている。同じように早く帰って子どもの顔を見たい気持ちに変わりはない。今までの人生で経験したことのない決断を迫られている。重圧感がどうにも保てない。

この場を切り抜けさせたのは、やはり年長の二番だった。

「三番の方、一番の方、五番の方、わたしの胸にグッときます。たまたま女性の三人が胸の内を吐露されましたが、残る三人も、いえ、他の方のこと、勝手に言えませんが、少なくともわたしも同じように深く考え、悩み、できることならここから出ていきたいです。でも、最後まで役目を果たしたい一面もあります。苦しいながらもやり遂げたいのです」

四番も何かを言わねばならないと思った。

「わたしは、ここでいったことはありませんが、高校の教師をしております。しかも、社会科です。あるとき、生徒から質問を発せられました。人は、正しく、人を裁くことができるのですか、と。ギクッとしました。それまで、人が人を裁くということ、新聞やテレビで接することはあっても、突き詰めて考えることはなかったからです。いえ、これはわたしだけのことかもしれません。でも、一般にそうだと思います。人が人を裁くということ、それは裁判所に、それを職業としている裁判官に任せておけばいいいと。みなさん、そうじゃないですか。それがそうはいかなくなったのです。クジによって、お前は裁判に参加せよ、と。有罪・無罪を決めるだけでなく、有罪とすれば、量刑をも決せよと。驚きました。裁判員にされたわたしたちにそのような能力があるのかと喜びました。いっしゅん。でも喜ぶことではありません。わたしに、人を裁く能力があるからではなく、たまたま何回かのクジで運悪く指名されただけのことです。それでもやらねばならない……。苦しいです。皆さんと同じです」

黙っていた六番が反論した。

「いま、叫ぶように言われたことは、みな、承知のことですよ。泣き言を言わずに、我われに課せられた任務を粛々と進めていきましょう。裁判長さん、指揮してください。早く終わってください。もう、被告人の顔を見るような場面には出たくない気持ちです」

この言葉の裏には、追い詰められた心情がみられる。

裁判長は早く進めたい、そのために進行していきたい気は十分にある反面、全員に意見表明をしてもらうことも強く求められている。最高裁からの指示・方針として、発言しやすい雰囲気をつくることを。時間は刻々と迫っている。「結論」が決まってからも裁判官たちは「判決文」を書く時間が必要である。

評議の場では全員に発言が求められる。

「先ほど申しました犯行の動機、犯行の態様、執拗性、残虐性などについてはいかがでしょうか」

一番は心なしか発言することに躊躇しながら意を決した。

「わたしは無罪を言ったのですが、多数決で有罪と認定されました。そのなかには裁判官三人のうち、裁判長ともう一人が、その方は多分、十年以上の判事経験をもっていると思われます。経験と知識に富んだお二人が有罪と言われました。お二人の判断と言いますのは、裁判員とは異なり、大変に〝重み〟のあるものです。なんといっても長年の経験と知識などでそのように判断されたということ、わたしは敬意を払います。しかし、わたしは無罪と言ったことに後悔しておりません。そのうえで先ほど言われましたいくつかの点について申します。あくまでも被告人が有罪だとして。被告人の犯行を見ますと、動機は不純です。自己の教授昇任欲、若い女性との不義がばれるのを恐れた身勝手な行為です。学部長ご夫妻の殺害に至っては計画的で帰宅時間を調べ上げ、その時間を襲い、背中から二回、三回と刺すということは執拗であり、ある意味残虐でもあります。どうして学部長にそんな恨みを抱いたのか、わかりません。そこのところの解明はされていないように思いますが、いかがでしょうか」

二番も同じく無罪を主張したのであった。そうであるにもかかわらず、発言しなければならないことにためらいながら、重い口を開いた。

「いま、一番の方が言われたことに尽きると思います。被告人の有罪か無罪かの認定のとき、わたしは『黒にはなはだ近い〝灰色〟』というふうに述べました。そして裁判で示された証拠、証言などをもう一度思い返しますと、三人の被害者には何の落ち度もないのに、どうして殺害されなくてはならないのかと、疑問を解消させることはできません。加害者とされた大学の先生、教養も学識も判断力もお持ちだろうに、どうしてあのような行為をしてしまったのか、いまだにわかりません。心理学を勉強しておられる三番の方、これは人間の持っている〝心〟、〝内面〟の二面性、あるいは多面性ともいうべきものでしょうか。決して〝表の顔〟だけでは説明しきれないものをもっていると思います」

三番は思わぬ場面で指名され、少しうろたえた。

「心理学と言いましてもその範囲・内容は広く、心理学を勉強しているからといって、人間の心、内面がすべてわかるわけではありません。扱う範囲は広いのです。わたしなんか、ホンの駆け出しでようやくスタート地点に立ったところです。いまおっしゃったこと、人間とはまことに〝不可解な存在〟です。矛盾に満ちた存在でもあります。そういう人間が寄り集まって生活しているということなんでしょうね。さきほどの犯行の動機や態様などのことにつきましては、これまでに発言された方と同意見です」

五番の女性は帰りたいといって、いったんは席を立ちあがったが、正木裁判官によって席へ戻された。静かに意見を聴いている。

「先ほどは帰りたいとか言って、皆様にご迷惑をおかけしました。主人は単身赴任で東南アジアへ行っており、家では小一の子どもと二人だけの生活ですから、いつも子どものことが気にかかっております。学校に行っても元気に帰ってくるとほっとします。勝手なことを言ってすみません。この事件の犯人、先ほど言われましたように、裁判長さんともう一人の裁判官の方が有罪と言われたこと、やはりプロの目から見るとそうなのか、と思いました。小さい子どもと接していて、子どもは純心であり、嘘・偽りはありません。まさに純粋無垢です。それが大きくなるにつれて良くないこと、大人の汚れたことに染まっていくのですね。うちの子も今は純粋でもそのうち、世の中の悪に染まっていくのかと思いますと、恐ろしいです。いえ、本当に無垢だったのは、一、二、三歳のころまでで、幼稚園へ入り、小学校へ入ると人をいじめることも知り、人間社会のいろいろな〝色〟に無関係ではおれません。それが人間社会なのでしょうか。大学の先生の犯罪、としてみるよりも、特別視せず、そこらにいる普通の大人の犯行としてみたいと思います」

少し間をおいて続けた。

「犯行にはしった動機、状況、犯行の執拗性、これは背後から数回にわたって切りつけていることなどから、単に〝刺した〟だけではなく、恨みに固まったといいますか、残虐な面がありますよね。その意味では検察官の言ったことが当てはまるのかなと思います」

五番の発言が終わるや裁判長は裁判官の発言を指名した。

「それでは小林裁判官、いかがですか」

指名をさえぎるように六番が強く発言を求めた。

「あの、今は有罪と決まった被告人に対し、量刑を決めていく過程ですよね」

裁判長は「ハイ」と首を縦に振った。

「そうしますと、情緒的な意見よりも端的に懲役○○年にするか、もっと具体的に考えますと、検察官の求刑した『死刑』が妥当なのか、不当なのか、との議論じゃないでしょうか。早く結論をだしましょう」

六番には心のあせりがあるようだ。だんだん声は大きくなり、その場を支配しそうな空気になってきた。

裁判長は先へ進めるため発言者として、もう一度、小林判事を指名した。

「わたしは百パーセント〝黒〟と断定することはできないと申しました。しかし、評議によって有罪と決まりました。それに沿って考えていくことになります。六番の方が言われたこと、わたしから先に述べさせていただくのは控えることにいたします」

若いとはいえ、小林裁判官も裁判官としての役割を担っている。今までも、これからも。裁判所の方針、有罪・無罪の評決や有罪となった場合の量刑判断についても、裁判員の意見を先に出させるように配慮することが求められている。もし裁判官が先に意見を述べると、裁判員たちはそれに誘引されることは必定だから。裁判員制度の導入にあたり、最高裁判所からの指導がいきわたっている。

奥村裁判長としては、永山基準の後半部分についての意見聴取が済んでいないことに気がかりが残っている。いくら時間がないとはいえ、検討せざるを得ない。

「永山基準のことですが、これには多くの要素が含まれております。次に問題となりますのは、四、結果の重大性、被害者の数、五、遺族の被害感情、六、事件の社会的影響、七及び八は後にしまして、残る九、犯行後の情状についてであります。ご意見をお願いします。なお、量刑に触れてくださるのも必要かと思います」

裁判員たちは「量刑に触れて……」と言われたことにどう応えればいいのか、とまどった。最初の発言者には勇気のいることだ。裁判長はテーブルを見まわしている。やっと四番が手を挙げた。

「裁判長や裁判官の方がたには、もう判断がついているのだと思います。そのうえでわたしたちに言わせようとする、なんとも意地悪です。わたしは無罪といったのですが、検討項目などを言われますと、ある方向に引っ張られているような、例えば四、結果の重大性ですが、何の落ち度もない人が無抵抗の状態で殺されているのです。当時、新聞やテレビなどでも大きく報じられました。裁判員選任の際、面接でこの事件についてどの程度知っているか尋ねられましたが、あれだけ報じられれば、誰でも知っていることです。事件の重大性が大きいから、あのような騒動になったのでしょう。しかし、人の噂も七十五日、今では話題にする人もいません。被害者の人数、直接的にナイフで殺害したのは二名ですが、睡眠導入剤によって死に至らしめた女子学生もプラスしますと、三名になります。永山基準ではたしか一名では無期、三名なら死刑、二名の場合は諸般の状況を勘案して、となっていたのじゃないでしょうか。わたしの記憶違いかもしれませんが。九の犯行後の情状ですが、被告人は終始一貫して殺害を否認しています。ですから、後悔も反省もしていない、これはこれで筋が通っていると思います。わたしからは以上です」

六番は追い打ちをかけるように尋ねた。

「それで、量刑はどうなんですか。それだけそろえば『死刑』ですよね」

四番は弱々しくいった。

「わたしは怖かったのです。それを言うのが」

他の裁判員たちはシーンとした。

「それは卑怯じゃないですか、我われの任務ですよ。もうここまでくれば、情緒的なことを言ってられないですよ。最後まで役目を果たさなくてどうするんですか」

六番の語気はだんだん強くなってきた。裁判長は進める。

「他の方のご意見をお伺いしたいのですが、あえて指名しません」

三番が言い難そうに口を開いた。四番はこの裁判がはじまったときから、この若い女性にある意味、注目していた。ほどなくして大学院で心理学の勉強をしているとのことがわかった。彼女はこの数日間で明らかに変容している。人生ではじめての経験をしている。大学院で心理学の勉強をしているということ以上のものを。心理学の枠を越えて〝人間〟の本質へ切り込もうとしているのかもしれない。

「この裁判、わたしの立場と似ているところがあるんです。ですから反面、怖いのです。指導を受けているあの先生が……、と思うとどうしようもなく怖いのです。そのことを思い浮かべますと、明日から大学へ行けなくなります。今、それくらい思いつめています。おそらく他の方にはわたしの言っていること、おわかりにならないでしょう。そういうなかで、量刑についての意見を言え、と。誠に残酷です。裁判長さん、助けてください」

終わりの方はもはや涙声になっている。裁判員の多くは下を向いている。

奥村裁判長は困った。この若い思いつめた裁判員にどうして最後まで参加してくれるように持っていくか、隣の女性裁判官、正木弥生に目配せをした。正木はそれを察した。

「三番の方、とにかく最後まで審理に参加してください。終わりましたら、じっくりとお話をしましょう。いいですね」

何を話すのかわからないが、気休めにはなったのだろうか。

「はい、わかりました」

裁判官は悩める裁判員にどう寄り添っていけるのだろう。

三番も他の裁判員も正木裁判官の気配りにひと安心した。

六番は追い打ちをかけた。

「それを乗り越えるんだよ！」

さらにつづけた。

「悪い奴は社会に放っておけないんだよ」

語気は荒い。裁判長は注意した。

「他の方も話しやすいように、普通に話してください。静かな口調で」

一番は無罪といった女性、むかし、夫を亡くしている。やはりナイフで刺されて。その時の状況などを思いだして。忘れ去りたいと願っていたのに。

「この被告人に対し、有罪か無罪かを決める場面で私は言いました。有罪にするには無理がある。従って無罪にしますと。今もその気持ちは変わっていないのですが、かつて夫がナイフで一突きにして殺された時、半狂乱になって〝殺してくれ〟と泣き叫びました。裁判の傍聴に行きました。何日間、通ったでしょう。辛い日々でした。今と違い、傍聴席でのことです。犯人は終始罪を認め、法廷で謝罪をしました。判決が言い終わって出ていくとき、弁護人から指示されたのか、わたしに向かって一礼して出ていきました。夫を失い、それからは苦しい道のりでした。今、考えるに、被告人は犯行を否認しています。それが本当にやっていないからなのか、あるいは自己を守ろうとして、いわば嘘の否認なのかわかりません。他の事件で、拷問と強制的な自白で犯人にされ、十年、二十年後にそれが偽の犯人であることが判明したことがありました。検察官の言った求刑、死刑に処するということは、ひとたび執行されてしまえば、後になって何があっても取り返しのきかないことです。間違って死んでしまった人を、いえ、法によって殺してしまった人を生き返らすことは、絶対不可能なことです。わたしたちは間違った判断だけは避けたいです」

二番は数多くの荒波を経験している。

「この場に至って、人生観といいますか、死生観らしきことも出てきてますね。でも、そんな評論家的な言い方は通用しません。かつて死刑囚を扱った映画を観たことがありました。ある死刑囚は、死刑執行の朝になって執行が通告されるや、死刑囚は身辺をきれいに整理し、静かに独房を出、従容として刑場へ赴いていく。教誨師の祈りの後、静かにあの世へといってしまう姿、俗界でのすべての罪をきれいにして天国へ逝ったようにみえました。そうかといいますと、暴れまわり、駆け付けた屈強の獄吏数人によって取り押さえられ、両手は後ろで縛られ、両足も二か所で結わえられ、それでも残った力を振り絞って執行に抗議しようとする姿、忘れられません。ほかにもありました。七十歳を過ぎたいかにも老人の方は車イスに乗せられ、刑場へつくと、目隠しをされて両脇を起こされ、首に縄をかけられていく姿。やがて、ドスン、という音と同時に板は下へ向かって開かれ、しばらく、そう、二十分から四十分、そのままでぶら下がっているのです。その後、医師による死亡確認となるのですが、ぶら下がっている間、鼻から鼻汁を垂れるだけではなく、糞尿を漏らしたり、終わりまで見ることなどできるものではありませんでした。こういうことを言いますと、極悪非道のことをしたのだから当然だと反論が来ます。事実、そのような言葉を受けました。死にいく人間にこのような酷いことをして、と何日間か暗い日々を過ごしました。今まで死刑執行をされた人のなかで、間違いだった、誤判だったという人がいないとはいえません。そのような場合でも生命を取り戻すことはできません。人間とは間違いを犯すものであるということをぜひとも肝に銘じたいと思います」

五番は苦しい時の連続である。

「裁判員というものが、こんなに苦しいものとは思いませんでした。裁判所はこんなにも国民を苦しませるのですね。苦しむのは、それを職業としている裁判官だけでいいのに……」

最後の言葉には実感がこもっている。

裁判長は焦り出してきた。

「それでは量刑に関し、結論的なご意見を伺ってよろしいでしょうか」

二番がひと言入れた。

「その前に質問があります。先ほど後まわしになった七と八についてはどうなったのでしょうか」

裁判長はこの点について補足した。

「はい、説明が抜けていましたね。『七、犯人の年齢』につきましては、特に若い場合、十八歳、あるいは二十歳との法律的な制約がありますが、今回の場合は五十歳という人生を充分に生きてきた分別のある方です。もうひとつ『八、前科』はありません。ということでいかがですか」

永山基準のうち、ある部分の検討内容が欠落していたのではないかとの指摘であった。裁判長からの説明で納得したようだ。

四番は手を挙げた。

「あの、今まで触れられなかったのですが、『刑法』では『殺人』について、どのように規定しているのでしょうか。量刑を考えるうえで重要なことだと思うのですが」

これには一番も二番も「そうです。抜けていました。大事なことですよ」と同意をあらわした。

裁判長は該当の条文については頭に入っているようだった。何も見ずに答えた。

「はい、おっしゃるように、触れねばならないことでした。

刑法　第二十六章　殺人の罪
第百九十九条　人を殺した者は死刑又は無期若しくは五年以上の懲役に処する。

となっております。他の条文（予備）、（自殺関与及び同意殺人）、（未遂罪）もありますが、ここでは関係ないと思います。

「そうしますと、殺人に対しては、死刑から五年以上とずいぶん幅広いことになりますね」

「そうです」

「死刑か無期か五年か、とその違いは何によって決まるのでしょうか」

「それは先ほどの『永山基準』で触れました九項目が判断基準になります。どの項目を優先して、ということでなく、最高裁の判例が出された際に付加されている文言があるのです。『各般の事情を併せ考慮したとき、その罪責が誠に重大であって、罪刑の均衡の見地からも一般予防の見地からも、その選択がやむを得ないと認められる場合に死刑の選択が許される』とされています。この九つの項目には量刑判断にかなり重い要素となっているもの、ことに殺害された被害者の数ですね。これはかなり重要な因子として見られるようになっております。そのために、被害者が一名なら無期、あるいは二十五年とか、三名以上なら死刑とか、世間で言われているのもそのためです。九項目のうち、どれが重視されるかは、社会情勢、時代背景などさまざまなことによって、結果は微妙に異なってきます」

二番は突っ込んできた。

「そうしますと、死刑と無期とを分けるものは、いったい、なんですか」

裁判官にとって、難しい質問を出された。

「そのことを明確に分ける固定的な物差しはない、と言った方がいいのでしょうか。同じような事件でも、以前は無期だったものが、最近では死刑になるというものもありますから。被害者が二名、あるいは一名でも死刑が宣告されたこともあります。これでよろしいでしょうか。それでは先へ行きましょう」

裁判長は急いでいる。決まってからの判決文を書く時間が気にかかっているのかもしれない。

「それでは一番の方」

「わたしは無罪といいました」

「変更なしですね。二番の方」

「わたしも無罪といいました。変更ありません」

「三番の方」

裁判長は若い彼女が何を発するか、関心をもっている。

「はい、少し考えさせてください。後で……」

「四番の方」

「わたしも無罪といいました。今でも変わりません」

「五番の方」

「悩みました。苦しみました。やはりこの場合は、極刑もやむを得ないと、永山基準のほとんどすべてに当てはまります。『死刑』です」

言い終わるなり、泣き出した。か細い声で「わたしは人をひとり、殺してしまうのでしょうか」と、隣席のものにやっと聞こえるくらいの声で。

「六番の方」

他の裁判員よりも自信ありげに大きな声で叫ぶように言った。

「今の方が言われたように、最高裁の永山基準、わたしが見てもこれだけのことがそろっていれば、死刑も致し方ないように思います。そして、今回のことですが、ほとんど全部のことに合致しております。従って、死刑は止むなしとします」

「三番の方、心は落ち着きましたか。よろしければおっしゃってください」

「はい、これまでの人生でいちばん悩みました。最高裁が判例で死刑にする際の考え方といいますか、基準、これは妥当なものと思います。特に二人、いえ、わたしは三人とカウントしたいのですが、この罪なき人たちを殺害しているということ、罪は大きいです。極刑は致し方ないと……」

「ということは、死刑ですか」

「はい」、弱々しく答えた。ハンカチを取り出し、大粒の涙を流した。鳴き声は部屋中に響いた。

「裁判員六名の方、一番、二番、四番の方は変わらず無罪、三番、五番、六番の方、有罪で、死刑やむなし、でよろしいでしょうか」

裁判長のビジネスライクな進行に裁判員は何も言えない。裁判長という威厳の前では誰も否定できない。

「それでは裁判官の意見を、小林裁判官」

「はい、百パーセント〝黒〟と断定することはできないとして、無罪を主張しました。今も変わりありません」

「正木裁判官はいかがでしょう」

「被告人は犯人である、すなわち有罪といいました。本法廷に提出された証拠・証言などをもう一度振り返りました。この判断は間違っていないと思います。先ほどから言われていますす基準に照らして、死刑やむなし、と判断いたします」

冷徹に明解な意見であった。裁判官は一対一の同数、裁判員においても三対三の同数に割れた。残るは裁判長ひとりとなった。先に有罪と述べているため、その線で話されることはほぼ間違いないだろう。なんといっても短い時間に裁判長が見解を変えるとは思えないから。しかし、最後の一人、裁判長のひと言に注目が集まる。

「わたしは結論から言いまして、この罪は大きいと思います。極刑も致し方ないと思うに至りました」
三、四人が口をそろえて叫んだ。
「裁判長、それは『死刑』ですか」

躊躇することなく応えた。

「はい、そうです」

そのしゅんかん、被告人の判決は「死刑」と決まった。舞台は一気に暗転した。

「結果は五対四で『死刑』です。よろしいでしょうか」

四番はいつか、死刑について述べた文章を読んだことがある。なんという記事だったかは忘れた。そのなかで、死刑と無期との境界は、審理にあたる裁判官の価値観のなかに存在する、と書いてあったのをふっと思い出した。

〝五対四〟、この冷厳な事実に、誰も、何も、言えない。しかし、裁判員六人の胸はガクガクと揺れている。

「それではこれから裁判官三人は判決文の作成に取り掛かります。四時に開廷しますので、三時三十分にここへお集まりください。できましたらこの部屋におられることをお勧めします。裁判所の外へは絶対に出ないように、外部との連絡などはしないようにお願いします。それでは評議は終わります」

裁判官たちが出かけたとき、四番は急いで質問した。

「あの、裁判記録といいますか、判決書にはわたしたち裁判員の名前は出るのでしょうか」

「いいえ、出ません。判決書には裁判官三名のみが署名します」

ある種の安堵感が生まれた。

集合時間までに三十分を切っている。この短時間に書かれることになる。裁判長の頭のなかにはすでに下書きされているのだろうか、疑ってみたくなる。

裁判員たちは部屋に取り残されたような状態になり、何もすることはない。外部との連絡は禁止され、あるものは椅子に座って考え込み、あるものは外の景色をじっと見、あるものは首を傾けて眠ろうとしている。この評議の内容は一生秘密のこととして守らねばならない。五対四で死刑に決定、この重い、重い、石を背負って墓場まで持っていく、この苦しみ、無罪と言った者、有罪と言った者双方に長く消せない悩みとして。

悶々とした時が流れている。誰の目にも苦悩の表情がにじみ出ている。これではたしてよかったのだろうか。半年、一年、三年と過ぎ、この数日間の出来事をどのように回想するのか、いや、人生の忙しさ、複雑な世相にかまけて、日時とともに忘れ去ってしまうのだろうか。しかし、変わらぬことは、裁判員として悩み、評議し、採決した内容については一切語れない。封印しなければならないことである。

待機している部屋では裁判員たちが目をあわせても話すことはない。ここには鬱屈した空気しか漂っていない。それは窮極の決定をしたからだろうか。法の名によって、人の生命を奪うことの決定を。

裁判員たちにとって、長い時間が過ぎた。

評議室の戸が開けられた。裁判長を先頭に三人の裁判官は定位置に座った。

「お待たせいたしました。判決文ができました。今までの審理内容を吟味して作成しました。判決主文は最後にしたいと思います。それでは読み上げます」

裁判員たちは、裁判長の発する言葉を聴きもらすことなく、真剣に聴き入っている。

「被告人、保志一馬は平成二十〇年九月二十日、……」

それは検察官が述べた起訴状の内容に沿ったものだった。「有罪」と判断するためにはそのようになるのかとうがったみかたをした。もはや今となっては後戻りできない。裁判員たちは公判初日からのことをずっと回想しながら一つひとつの場面を巻き戻したり、ストップしたりしている。そして、最後の言葉、「主文、被告人を死刑に処する」これを聴いたとき、映画で観た、あの縄が目の前にとびかかってきた。踏み板はバタンッと音を立てて下へ向かって開いた。死刑囚のもがき苦しむ姿。心のなかで「助けてくれ！」と叫びながら。有罪と判断した裁判員も目に涙を浮かべている。

この事実、裁判員たちの明日からの生活にどう影響するのだろう。この場面が浮かんできても誰もわかってくれない。理解できない。この数日間を共に過ごしたものでないと、いくらわかってもらおうと努力しても、無理なことだ。

やがて、開廷五分前、法廷へ入る準備にかかった。心の整理を……。裁判員の二、三人は身を震わせているのを他の者は察知した。

午後四時、法廷の扉は開かれた。

傍聴席は満員だ。どのような人たちが来ているのだろう。

濃密な評議の間があったためか、法廷に入るのは久しぶりの感を受けた。だが何も変わっていない。いつものように全員一礼、いよいよ始まった。〝礼〟をするのも、これが最後。

「本法廷は二つの事件を併合して裁判員裁判として審理いたしました。以下にその結果について申し述べます」

つづいて、事件の内容、経緯、裁判で明らかになった証拠・証言の事実、それらをもとにした審理を行った旨淡々と進めている。弁護人は、ここまでを聴いて、被告人に有利なことはなく、検察官の主張をほぼそのまま引用していることに気がついた。ただならぬ気配を感じた。いよいよ最後になった。

奥村裁判長は深呼吸した。

「主文、被告人を死刑に処する」

いっしゅん、法廷内は凍った。数秒の沈黙ののち、被告人・保志一馬は大声で叫んだ。

「そ、そんなことってあるか……。冤罪だ」

廷吏は両方から抑え、黙らせた。

裁判長の冷徹なひと言。

「以上で、本件は終了いたしました。閉廷します」

裁判員たちは記者会見の要請を断り、報道陣たちにつかまらないよう、しばらくして三々五々家路へと向かった。

第四章　女子学生の死

判決の翌日、一人の女性が投身自殺をした。
ポケットには遺書がしまわれている。

お父さん
お母さん
こんなことをしてしまってすみません
お赦しください
わたしの気持ちがどうにもおさまらないのです
わたしの書いた手紙が
裁判で死刑判決のゆるぎないものとなったのです
悩みました
どこまでも悩みました

今まで生きてきたなかで
これほど悩んだことはありません
昨夜は一睡もしておりません
思いだすのは、中野清子さんと
楽しく語らった日々のことです
天国へ旅立ちます
そこには《裁判》も《死刑》もありません
清子さんと二人
楽しく過ごします
わたしのこと、どうか赦して下さい
英子

第五章　告白

苦悩の連続であった裁判は終わった。裁判員たちにとっては決して誰にも言えない評議の内容、採決の模様などの〝守秘義務〟は一生背負い、墓場まで持っていくのである。重荷は胸につかえ、おろすことはできない。

それでも翌日からは通常の仕事に戻らねばならなかった。もうあの五日間の出来事は忘れようとした。しかし、ふとした時に頭によぎってくる。そのつど、「死刑」の決定をした時の場面がフラッシュ・バックする。裁判の最後に見た決定的な、衝撃的な一撃、被告人が「そ、そんなバカなことってあるか……。冤罪だ」と叫び廷吏に抑えられていたことだ。裁判員たちはギクッとした。「死刑」に反対した者も、やむを得ず賛成した者もあの叫びは心の奥に深く浸透した。いっしゅん、この五日間は何だったのか、大きな疑問が湧き出てきた。

四番は、いや、もう番号で呼ぶ必要はない。中村寅太は風呂に入ってこの五日間を振り返った。湯船につかり、じっと目を閉じながら考えている。もっと強く主張すべきではなかったか、いや、あの場ではあのように言うことで精いっぱいだった。まるでエンドレステープがまわっているように、次からつぎへと感じることがほとばしっている。

妻はいつまでも浴室から出てこないため、浴室の戸を開けて様子を見た。

「あなた、どうしたの。いったい何があったの。もう一時間になるのよ」

そりゃそうだろう、この気持ち、経験した者でないとわからないからな。寅太の入浴時間はいつも二十分ほどである。それが今日に限って一時間にもなる。おまけに「音」はしない。不審に思うのは当然でもあった。もう少しで顔を湯につけてしまうくらいであった。それほどまでに疲れ果て、意識はもうろうとしていた。


弁護人の宮下一郎はなんともいえない〝虚しさ〟を抱いている。裁判員裁判を担当したのはこれで二件目であった。最初のときはまったくの手探り状態であった。もう一人の弁護士も初体験で、たえず不安のなかを歩いていた気配がする。裁判を終え、いつの場合も反省点ばかりが押し寄せてくる。

今回の事件、結果は最悪であった。「判決―死刑」と窮極の判決になり。自分たちの力のなさを見せつけられたようであった。弁護士として「失格」の烙印を押されたも同じであった。この裁判を通じて、検察は国家機関であり、予算と人員を使い、組織でかかってくるということを肌で知った。プレゼンテーションの場面では実にわかり易いパネルを用意し、裁判員に視覚で訴える工夫にも優れていた。それに対し弁護人は訴える力は弱かった。検察の主張をひっくり返す強力な工夫が足りなかった。

第一審はとにもかくにも終わった。この結果に対し、被告人と相談して控訴するかどうかの方針決定が待たれている。いや、何としても控訴してひっくり返したい。それにしても「死刑判決」といういまだ経験したことのない結果にその場に立ち尽くしてしまった。目の前が真っ白になるとはこのようなことを言うのかと、呆然となった。

判決の翌々日、他の依頼人との打ち合わせが終わり、茶を飲んでいるところへ一通の封書が届いた。差出人は無記名、不信に思いながら、封を切った。

「見知らぬ者からの突然のお手紙をお許し下さい。

先日の裁判員裁判による裁判、判決が『死刑』となり、びっくりしてしまいました。

わたしは裁判の傍聴に行っておりました。ただ、被告人の保志君に見つからないように変装をして後ろの方にかけておりました。保志君からは多分、見破られなかったでしょう」

宮下一郎はこの先、いったい何が書いてあるのか、大いに気になった。事務の女性に、しばらく電話を取り次がないように指示して読み続けた。

「わたしと保志君とは同じ高校の先輩・後輩の関係で、彼が一年のとき、わたしは三年、部活が同じで顔を合わすことが多く、よく冗談を言いあったりもしました。しばらくして、二年生のかわいい女性を二人が好きらしいということがわかるようになってきました。その女性は吉永ゆりといいほとんどの男性から評判は良く、いつも場の中心にいたのです。保志君とわたしとは吉永ゆりをめぐって目に見えない争いをしたのです。〝取り込み作戦〟はいろいろありましたが、わたしが勝ち、高校を卒業してからも吉永ゆりとの交際は続き、わたしの青春は楽しいものとなりました。保志君はわたしとの競争に負け、部から離れてさびしく高校生活を終えたようなんです。わたしが卒業してから彼の消息については、後輩からそれとはなく耳にする機会があり、そのたびに恋に勝った気分に浸り、吉永ゆりを大事にしました。

それから何年かして、街中で保志君とばったり会ったのです。高校時代のいきさつは忘れ、懐かしい想いになり、近くの喫茶店へ入って何時間かだべりあったのはいうまでもありません。過去のことは忘れ、現在のことについての話に花が咲いたのです。

びっくりしました。通う大学こそ違え、専攻分野は同じだったのです。彼は既に大学四年生になっており、大学院へ行く予定であると顔をほころばせて得意げに話しておりました。そのときわたしは博士課程の前期課程を修えて後期課程に進む前のころでした。保志君のこれからの健闘を祈り、二人の連絡先を交換して別れたのです。

家に帰り、風呂に入っているとき、ふっとあることがよぎったのです。もしかしたら、これは彼との良きライバル関係以上に、第二の競り合いになるかもしれない。第一は高校で同じ部にいた女性を巡っての競争、そして第二は、彼がやがて博士課程を出、どこかの大学へ教員として就職し、ほぼ同じ分野の研究者として切磋琢磨していくなかで、やがては学問上の競争相手になるのだろうとか。先々のこととして、どちらが早く准教授になるか、そしてときには高校生時代の一人の女性をめぐるさや当てが、感情的動機となって何かをしてこないだろうか。青春時代の苦汁が何かの引き金にならないとは言えない。

その先は教授になる時期を巡って競争意識が心のなかに入り込むかもしれません。同じ専攻分野というのは、良い時はそれでいいのですが、反面よくない面も現れたりします。世間的には准教授よりも教授の方がいいに決まっております。宮下先生もそうお考えのことと思います。しかし、これればかりは実力（良い論文、多くの研究者から注目される論文といいますか、論文数も必要です）プラス〝運〟も多分に作用します。そしていわゆる〝引き〟も少なからず影響します。

こうしてわたしの一人勝手ながら、保志一馬君に対する競争心が頭のどこかに芽生えてきたのは否定できません。同じ専攻分野というのは良くないですね。どちらが先に教授になるか、本質とは全く異なることなのに、困ったことです。

就職した大学は別々ですから、日常的に顔を合わすことはありません。研究会とか学会の折に会ったり、話をすることだったのです。

二人とも結婚し、それぞれに幸せな生活をしていたことと思います。わたしはやがて准教授に、彼は専任講師となり、学内的にも授業以外に委員会のメンバーに就くなど、いわゆる〝雑務〟も担うこととなりました。

何年前になるでしょう、学会へ一緒したとき、予定された日程を終え、二人で夕食をしたのです。解放感からかふたりともアルコールが進み、二次会でも随分飲みました。そのなかで、家庭のことといいますか、奥さんの愚痴をはじめ、いつまで専任講師なの、いつになったら教授になるの、と責められているというのです。そのたびに、友だちのご主人は全部教授になっている、顔を合わせると自分の夫がまだ講師なのに晴れやかな顔をできない、とどうでもいいような見栄で喜んだり、沈んだりするのですから、人間って厄介な動物だと思いましたよ。

そういえばわたしはいつになったら教授になるのだろうと、ふと考え込んだりもしました。そのつど、なるようになるさ、ケセラセラ、と自分の気持ちを静めておりました。でも、心の底では保志君より先になってやる、と思ったことは事実です。

弁護士の宮下先生、世間的に見れば大学の先生というものは〝偉い人〟だとみられているかもしれません。それはある面ではあたっていても、大方の面ではそうではないのです。そこらにいる〝おじさん〟とまったく同じです。そこには嫉妬、恨み、妬みなど目には見えない人間の持つ情念を同じように備えています。それが、いつ、どのように現れるのか、抑えられるのかのことだと思います。おじさんたちと異なることがあるとすれば、学問的な専門性をもっていることでしょうか。それ以外の何ものでもありません。

そうです、今回のこと、事件の容疑者として保志一馬君が逮捕され、やがて法廷の場へ引きずり出されたのです。そのこととの事情はすべてご存知のとおりです。法廷では弁護人として彼のためにご尽力されたことですから。

実は学部長ご夫妻を殺害したのは、わたしなのです。びっくりされたでしょう。当然です。ついこの間まで、わたしがしたことは黙っていようと覚悟しておりました。けれども、『死刑』が言い渡されたことにショックを受けたのです。彼が法廷を連れ出されていくときの様子を見て決心しました。ありもしない犯罪のために命を奪われる、そこまで私は予想すらしていませんでした。大きなハンマーで脳天に一撃をくらったのです。いくらなんでもわたしにさえ〝良心の呵責〟というものがあります。人を死に追いやってまでわたしの犯罪を隠そうとは思いません。

いつのことだったでしょう、H大学文学部で教授を公募していることを知り、わたしの大学の教授と相談し、応募しました。通勤時間はほんの二十分ほど余計にかかるだけです。公募案内は全国に送付されており、かなりの方が応募されたことを漏れ聞きました。第一次審査でかなり絞られ、あろうことか、第二次審査にはわたしの他に保志君がはいっていたのです。ある筋からそのようなことを聞き、びっくりしました。その二、三日後に会合で保志君と会ったのですが、話をするのが怖くなり、つい顔をそむけてしまいました。彼は何故だろう、と怪訝な様子をしていたのは、いうまでもありません。うまくいけば翌年四月から〝教授〟になれることをほくそえんでいたのは、いうまでもありません。

それからひと月ほどして、審査委員会に関係している人からの話が舞い込んできました。二次審査に二人残っており、もうひとりの方が今のところ有利だというのです。もしかするとこのまま審査委員会として決まり、あとは教授会に諮られるかもしれない、と。わたしは焦りました。

二年下の後輩にやられるかもしれない。頭の中が真っ白になり、錯乱してきました。どうすればいいのだ……。教授会の投票は形式的、というのは言い過ぎかもしれませんが、ほとんどは人事審査委員会の検討結果どおりに決まっていくのが慣例のようになっております。その委員会の主査（委員長）は学部長がなっているのですから。もはや冷静に考えることはできなくなってきました。ふっと頭にひらめきました。審査委員会の主査が替われば別の方向へ行くかもしれない、と。それからは学部長がいなくなることに精神を集中したのです。住所を調べ、学部長の帰宅パターンを調べ上げ、実行現場はどこがいいか、実行者が私だとされないようにはどうすればいいか、いろいろと経過を練りました。誰にも相談できない、まったく孤独の作業だったのです。

裁判では〝タオル〟が有力な決め手になりました。タオルに付着していた彼の血痕と毛髪について説明します。事件の少し前に地域であった祭りに行きました。そのときはどうしたことか、山車を担いで練り歩いており、時には大きく揺れたりする、勇ましい祭りのひとこまです。交差点で一時停止したとき、ふっと後ろを見ますと彼、保志一馬君がいるじゃありませんか。彼も私を見てびっくりしたのはいうまでもありません。そして次に動き出して山車が大きく傾いた時、何かが保志君の腕に刺さり、二、三か所の刺し傷になって血がしたたり落ちました。山車はすぐに止まり、ポタポタ落ちる血を私が首に巻いていたタオルで拭い、後ろのポケットに突っ込んでいた新聞紙で受け、必死で止血しました。保志君の額から流れくる汗をタオルで拭き、さらに頭にも湧きでるような汗を拭いておりました。やがて血は止まり、祭りの世話人からもらったビニール袋にそのタオルと新聞紙を仕舞い込み、どこかのごみ箱へ捨てようかと探しておりましたが、みつからず持ち帰ってしまいました。この時のことを保志君は法廷でどうしてもっと詳しく話さなかったのか、疑問が残ります。自分の運命がかかっていることなのに……。

学部長夫妻を殺害するとき、思いだしたのです。そうだ、あのときの血と毛髪がついたタオルと新聞紙が残っているじゃないか。そのときから二、三日が経っている、ということは血の跡もそれなりの変化をしていることを。そんな思いを振り切り、使えるものとしては絶好の物でした。髪の毛はタオル地からは取れ難いです。

警察、検察での取り調べはずいぶんと厳しいものがあったのでしょう。女子大学院生のことが不利な条件として見られたのでしょう。脅かしや脅迫があったのだろうと思います。わたしなら到底耐えられません。いま、彼のためにできることは、死刑判決を取り消させることです。

殺害を実行したのは、わたしです。ナイフの溝は警察の言うよりも広かったはずです。どこかで事実を曲げられているのです。あのように広い溝で凹凸がある柄をどうして指紋が特定できるのか、納得できません。その紋様で誰かを判別できるのは無理でしょう。再調査が必要です。そのナイフで背中から刺した時、祭りのときの彼の血をぬぐったタオルを持っていきました。ですから彼の付着していた毛髪があったのは自然なことです。犯行を保志君になすりつけることに必死な思いでした。

こうして手紙を書いているとき、わたしの意識は朦朧としてきました。あのときのことを正確には思いだせなくなってきたのです。何かわからなくなってきました……。目の前には幻影がさ迷っています。（文字が揺れているのがわかる。波打っているようにも見える）
今回の事件を通じてわたしは思います。人間の心のなかには、光り輝く部分と、暗く闇の部分とがあることを、わたしの心には大きな暗い、暗い闇が支配していたのです。
わたしはどうすればいいのでしょう。大学では学生に対して偉そうなことを言ってましたが、実際は〝人間失格〟です。存在していることの虚しさを覚えています。自分で人生の決着をつけねばなりません。失礼します。
大事な時間をさいてもらって申し訳ありません」

読み終わって宮下は呆然とした。犯人は別にいる。どうして見破れなかったのか、弁護士として役目を果たせなかった。

うろたえた。どうすればいいのだ。

十分ほど窓の外を見ながら、過ぎ去った公判期間の模様を思い返した。

しばらくして電話をかけた。相手は大学の先輩で、県の弁護士会長をしている人物だった。

翌朝、家を出る前に飛び込んできたテレビのニュース。

「福井県の東尋坊で男性の投身自殺がありました。救急隊員によって死亡が確認されました。年齢は五十二歳。大学の准教授。詳しいことは調査中……」

宮下はすぐに彼だと直感した。

〈了〉

木村伸夫（きむら・のぶお）

大阪に生まれ京都に育つ。
大学卒業後、大学図書館及び博物館の仕事に従事。
京都市在住。
著書：『ひだまりの樹陰』（MBC21 京都支局すばる出版、2007）
『第九交響曲ニッポン初演物語』（知玄舎、2009）
『ベルリンの蒼き森』（知玄舎、2010）
『七十一年目の「第九交響曲」』（鳥影社、2013）
『悲善の器』（鳥影社、2014）

E-mail:heiankyo.794-2101@nifty.com
（ご感想・ご意見等がございましたら、ご連絡をいただけましたらさいわいです）

あなたは死刑判決を下せますか――小説・裁判員

2015年10月25日　初版第1刷発行

著者 ―――― 木村伸夫
発行者 ――― 平田　勝
発行 ――――花伝社
発売 ―――― 共栄書房
〒101-0065　東京都千代田区西神田2-5-11 出版輸送ビル2F
電話　03-3263-3813
FAX　03-3239-8272
E-mail　kadensha@muf.biglobe.ne.jp
URL　http://kadensha.net
振替 ――― 00140-6-59661
装幀 ――― 黒瀬章夫（ナカグログラフ）
印刷・製本 ―― 中央精版印刷株式会社

ISBN 978-4-7634-0756-6 C0093

マスコミが伝えない裁判員制度の真相

猪野亨・立松彰・新穂正俊　著
ASK の会　監修

定価（本体 1500 円＋税）

●噴出する矛盾と問題点

予想できなかった裁判員の言動と暴走。

マスコミが熱狂的に支持した裁判員制度の運用実態を暴く！